KB267707

날아라 날아라, 내 영혼 불 밝히게

날아라 날아라, 내 영혼 불 밝히게

날아라 날아라, 내 영혼 불 밝히게

초판 인쇄·1996년 8월 30일
초판 발행·1996년 9월 5일

지은이·김송희
펴낸이·임종대
펴낸곳·미래문화사
등록번호·제 3-44호
등록일자·1976년 10월 19일
주소·서울시 용산구 효창동 5-421 ⑦ 140-120
전화·715-4507 / 713-6647
팩시밀리·713-4805

값·3,500원

·작가와의 협의하에 인지는 생략합니다.

·잘못 만들어진 책은 바꾸어 드립니다.

미래시선 87

날아라 날아라, 내 영혼 불 밝히게

김송희

미래문화사

序文

시인 김송희 여사(女士)는 내가 서울 미아리의 2년제 초급대학인 서라벌예술대학의 문예창작과 교수로 있을 때 그 제2학년으로 편입해 들어온 애송이 여학생이었다. 이화여자대학교의 국문과 1학년을 마치고 우리 서라벌로 옮겨 온 이유는 뒤에 알아보니 시인이 되기 위한 것으로서 나—미당의 추천을 받아 《현대문학》지의 신진시인으로 데뷔할 목적이었던 것이다.

그녀는 서라벌예대를 졸업하고 숙명여자대학교에 3학년으로 편입하여 거기를 졸업하던 1963년에 내 추천을 받아 시단에 나온 이야기꺼리의 여주인공이다.

그 뒤 그녀는 큰 여성잡지의 편집일도 보고, 또 여자고등학교의 선생님 노릇도 하며 시를 쓰다가 미국 뉴욕의 롱아일랜드대학의 유능한 수학 교수인 좋은 남자와 결혼하여 거기서 아들 딸을 낳고 살아온 지 근 30년이 되는 요즈막에 문득 육지의 민물새우로 담그는 것인 그 '토하(土蝦)젓'이라는 걸 한 항아리 구해가지고 나를 찾아와서 그 여전한 소녀 그대로의 웃음을 참 오랜만에 또 보여주어 나는 매우 기뻤었다. 이 토하젓이라는 것은 요즘엔 어느 시골에 가도 구경하기가 어려운 토속적인 것인데, 해방 뒤엔

처음으로 우리 미국 교포인 김송희 여사에게서 선물받으
니 다시 우리의 옛날로 돌아온 듯 반가웠었다.
　이것이 바로 우리 교포 시인 김송희의 마음속의 본모양
이다.

　　나는 가끔씩 옛선비로 살고 싶네 / 우리나라 삼국시대로
돌아가서 / 가난한 선비처럼 시나 읊으며 살고 싶네 / 그래
/ 김삿갓처럼 방랑시인이 되었으면 하네 / 묻힐 곳 마음
쓰지 않고 / 머무는 곳이 고향이며, / 어느 촌가의 감자밭
에서 허기를 채우고, / 맑은 시냇물에 목을 축이며, / 그
황홀한 맛에 취하고 싶네.

　위에 인용한 시 구절은 그녀의 〈그리움의 땅에〉라고 제
목한 작품의 첫째연에 해당하는 것이거니와 이 역시 그녀
가 구해서 들고 온 그 항아리 '토하젓'맛 그대로이다.
　그 토하젓을 안주로 해서 한 곱배기의 좋은 술잔을 들이
이를 축하하노라.

1996년 8월 15일 광복절에
미당 서정주

나의 詩는 내 생명의 分身

詩는 사랑이다. 인생을 깊이 사랑할 때 詩가 살아 있음을 체험한다. 그러기에 나는 내 삶에서 가장 진실한 순간일 때 시를 낳고, 시를 읊는다.

'시라고 하는 것은 머리나 재주로 쓰는 것이 아니라 노력과 끈기가 없이는 생명이 긴 시인이 될 수 없다'라고 하신 35년 전의 미당 선생님의 가르침을 보석처럼 간직한다.

나는 오랫동안 뉴욕의 하늘, 롱아일랜드의 바다, 그리고 이방인들의 말소리, 그때마다 나는 외국에 사는 자만이 짐지고 있는 색다른 고독을 느껴야만 했다.

첫 뉴욕생활은 여행자처럼 흥분해 있었고, 하루하루가 어김없이 지날 때마다 나는 조금씩 절망하고 있었다. 밥하는 일, 청소하는 일, 창가에 서서 하늘을 바라보는 일 외엔 그 어떤 것도 생각할 능력이 없었다. 나는 병이 들기 시작했다. 사춘기에 들어선 딸들이 "엄마에게서 가장 싫은 점은 죽고 싶다고 입버릇처럼 말하는 것"이라고 했다. 어느 날 갑자기 입버릇이 현실화되어 버릴지도 모르겠다는 두려움이 내 아이들의 꽃잎 같은 마음을 다치게 한 것 같았다.

한때 보석처럼 간직하며 살아왔던 시나 꿈을 포기하고

체념하는 것은 죽음보다도 고통스러운 일이었다. 이는 나의 생명을, 나의 삶을 포기하는 일이었다. 그래서 나는 많이 앓고 있었다. 그러던 어느 날, 문득 조국이니 고향이니 하는 그리움이 꿈 속에서 시가 되더니 아침 해가 떠오르듯 하늘을 보면서, 바다를 보면서도 시를 쓰기 시작했다. 그리움과 절망이 하나의 詩情으로 정화되는 것이었다.

사계절의 아름다움을 다시 찾게 되었고, 그 삶을 노래한 시에는 진실된 나의 모습이 보였다. 때론 절망하고 좌절하고, 슬프고 고통스러웠던, 그러기에 나는 거짓과 위선을 버리는 데 많은 노력을 했다. 실은 이 때문에 몹시 외로웠고 불행했다. 그렇지만 이 진실로 하여 생명을 소중하게 받아들였다.

나의 시는 진실이 시키는 대로 얼굴을 내밀었다. 감추고 싶은 슬픔을, 기쁨을, 미움을, 고뇌를 어린 아이와 같은 심성으로 표현했다. 그래서 나의 시는 알쏭달쏭하지가 않다. 그 누구든 편안한 마음으로 나를 만나듯 시를 만날 수 있다.

나는 별로 까다롭지 않다. 자주 손해 보고 실패하기 때문에 남을 잘 이해하는 편이다. 神이 아니면 그럴 수 있으려니 하는 마음은 혼란을 가져오는 듯하나, 사실은 상처받지 않고 자기를 보호하는, 그래서 미움을 품지 않는 비결이 되기도 한다. 이러한 마음가짐이 바로 나의 시가 된다. 나는 내 시가 산소가 되어 이웃들의 위로와 기쁨이 되기를 바랄 뿐, 공해를 일으키는 것을 용서하지 않는다.

　나의 거처를 뉴욕에서 서울로 옮긴 것은 결코 충동적인 것은 아니었다. 그렇다고 오래 전부터 계획해 온 것도 아니고 어찌 보면 나이 탓인지도 모른다. 육신으로서의 삶이 얼마 남지 않았다는 생각이 나에게 용기를 준 것인지도 모른다.

　가족에게 가출의 허가를 받고 떠나온 나는 그리움의 땅 내 조국, 이곳에서 시를 쓰고, 내가 할 수 있는 약간의 일거리가 있으면 얼마 동안 즐겁게 머무르고 싶다. 이미 대학 입학일로부터 집을 떠난 나의 아이들과 별난 여자 때문에 별난 남편이 되어버린 착한 그가 건강하고 밝은 마음으로 학교에서, 직장에서 열심히 살고 있으니 참으로 고맙다.

　나는 요즈음 꿈을 자주 꾼다. 아들을 그리워하면 아들의 꿈을 꾸고, 딸들을 그리워하면 딸들의 목소리를 듣는다. 오랫동안 뉴욕에 살며 서울을 그리워하듯, 서울에 살며 뉴욕을 그리워한다. 그리움에 아파하며 그리움 때문에 행복하다.

　다섯 번째 시집 《날아라 날아라, 내 영혼 불 밝히게》를 시선으로 묶은 것은 한국에 나의 독자가 없기 때문이다. 이 시집을 통해 나는 나의 새로운 독자를 만나서 시인의 행복을 누리고 싶다.

1996년 8월 8일
무덥고 무더운 날 서초동에서 김 송 희

차례

서문·서정주 … 4
책 머리에 … 6

제1부 사랑은 아름다운 심장의 속삭임이다

나그네의 노래 … 15
가을 노래 … 18
춘설 … 20
그대, 태양으로 빛나는 자리에 … 21
가을 사랑 … 23
침몰하는 해 … 27
어느 하루 그리움 저편 … 30
아름다운 나라 … 32
하늘의 새 … 34
웃어라, 우는 것보다 보기 좋으니까 … 36
인생의 열매 … 38
사랑은 아름다운 심장의 속삭임이다 … 40
나의 노래 … 42
순종하는 자가 되게 하소서 … 47
소리 없는 말 … 50
하늘을 보고 눕다 … 52
이 세상 모든 것이 … 55
그리움의 땅에 … 57
멍에 … 61
재미시인(在美詩人) … 63
그리움 때문에 … 65

제 2 부 바람으로 눕고 싶다

먼 얼굴 … 69
六月이면 … 81
조국의 새 … 82
지구의 별빛 같은 자리에 … 84
봄 아지랑이 타고 온 그대여 … 86
봄날에 오신 이여 … 88
낙엽의 노래 … 91
봄의 사랑 … 92
푸른 오월의 노래 … 94
뉴욕·여름 사랑 … 96
기도 … 98

제3부 얼굴 먼 얼굴

귀향 … 101

그림 … 104

달에서 살아라 … 107

꿈열매 … 108

야자수 잎에 매달아 둔 마음이여 … 110

그림 속의 얼굴 … 112

나에게 와라 … 114

바다 … 116

이제는 육신으로 만날 수 없는 사람 … 119

먼 바다 … 120

얼굴 먼 얼굴 … 122

사랑 … 123

얼굴 … 124

강물·2 … 126

새소리 … 128

고향 … 129

지난날 그 벤치 … 130

오월의 꽃 … 132

성단의 밤 … 134

미세스 뉴만 … 136

제4부 영원을 위한 詩

사랑의 원경 … 139

낮달이 걸려 있는 풍경 … 142

춘설 … 144

울리게 하라 … 146

타는 물결 … 148

四月은 너와 … 150

몰래 우습다 … 152

청색을 위한 에스키스 … 154

영원을 위한 詩 … 156

가을의 詩 … 158

창공을 향하여 … 161

창 … 162

몸의 울림 … 164

해변 … 166

가을의 합창 … 168

강물·1 … 171

어느 날 … 172

음악 … 174

아가(雅歌) … 177

꽃살 … 182

꽃을 꽂아 두고 … 184

호반에서 … 186

WEDDING MARCH … 189

교실 … 190

무덤 … 191

· 작품해설·許炯萬 … 195

제1부
사랑은 아름다운 심장의 속삭임이다

사랑은 하나가 아님을 알면서도
하나라고 하나라고 억지 부리니
너도 아프고 나도 아파서
가슴 안에서 폭포수 소리가 나네.
어찌할까.

나그네의 노래

아침 일곱 시 일분에 떠나는
뉴욕 직행 기차를 타기 위해
오랜 세월을 하루같이
나그네의 마음으로 산다.

기다림의 시간 속으로 날으는
이름모를
새들의 날개깃을 따라
내 마음 반쪽 내어
그대 창가에 날려 보내고

목화송이처럼 흩어지는
메마른 설움에
오늘도 들리지 않는 목소리
어둡고 가라앉은 하늘을 이고
내 눈동자 열리는 곳에
그리운 그대여
빈 가지 끝
바람 부는 레일 위에 서서
꽃씨 뿌리며
파도처럼 운다.

가을 노래

가을엔 떠나고 싶다.

봉숭아 꽃물보다
진정
희한하게 트인
조국의 시골 역

가슴의 수필을 뿌리며
레일은 울부짖고
달려가는 눈이며
사랑.

늘상
아쉬운 포말泡沫처럼
귓가를 스치는 시어詩語들
몸으로 흐느끼는 수풀
바람소리 물소리
새소리
가을엔 떠나고 싶다.
차창 멀리
산 위로 산책하는
뭉실뭉실 구름을 타고

조국의 단풍 속에
안기고 싶다.

춘 설春雪

오늘 아침
예기치 않은 눈이 바람에 날립니다.
하얀 눈은 하얀 물방울이 되고
슬픔이 되어
하늘을 바라보는 젖은 눈에
살짝 내려앉습니다.

눈은 설레이는 마음마다
추억의 구슬을 엮습니다.

푸른 구슬 하나
오랜 세월의 약속처럼
눈과 데이트를 합니다.

미아리 고개를 넘어
구수한 군밤 같은 속삭임
아아, 그 시절엔 꺼지지 않는 불꽃처럼
아름다운 꿈이 타고 있었지요.

오색五色의 구슬을 엮어 봅니다.
종달새 지지배배 노래하며 한마음이 되어
마주 앉은 종로의 르네상스 음악실.

반세기가 지나서
숙이는 서울에서
난이는 싱가폴에서
나는 뉴욕에서
눈을 가슴에 뿌리며
옛 우정을 그리워합니다.

노우란 구슬이 보입니다.
밤마다 술독에 빠졌다 나온
시인 친구는
새벽마다 날달걀 넣은 모닝 커피를 마시며
창 밖에 날리는 눈을
외롭고 쓸쓸한 나무 같은 詩로
우리들의 마음을 적시더니
오늘도 서울의 높은 빌딩에 갇혀
어떤 눈빛으로 詩를 쓰고 있을까.

진홍의 구슬이 하얀 눈에 수를 놓습니다.
알알이 피어나는 슬픔의 창
하나님의 손을 삽고 하루하루를 이어가는
그리운 나의 친구
그의 절망을 녹여 주옵소서.

춘설은 햇빛에 반짝이며
나의 그리움과 소망을
그리고 추억과 기다림을 안고
찬란한 구슬이 되어
내 삶의 목걸이를 엮습니다.

그대, 태양으로 빛나는 자리에

천지 진동에도
흔들림 없이 서 있는 나무
태양으로 빛나는 그 자리에
그대 있음이
어느 곳 하나 내 이웃 소홀함 없이
따뜻한 가슴으로 품어 주고 싶었음이라.

그대, 반짝이는 등대가 되고자 함은
막막한 지평선 길 잃은 돛단배
은은한 불빛 찾아
희망의 닻을 내리게 함이라.

그대, 별이고자 함은
먹구름 품은 마음하늘에
별빛 보석을 심어 주기 위함이라.

그대, 스스로 태우는 촛불로
붉 밝히고자 함은
하얀 바람 검은 바람 천지의 온 바람이
몰아쳐 와도
이웃 위해 꿈을 펼쳐 주기 위함이라.

지금 그대,
고목古木의 나이테로 서 있음은
꿈 잃은 이의 희망이 되고
등대가 되고
별빛이 되어
오늘 솟아 오르는 태양으로
영원히 빛나리라.

가을 사랑

뉴욕의 가을
서둘러 가슴을 열고
붉게 타는 단풍을 먹는다.
설레이는 기다림으로
지새우는 긴긴 밤
새벽 이슬에 젖은
잎새들의 몸짓
나그네의 외로움에 홀로 서럽다.

가을이다.
일년 내내 이 가을을 빛내기 위해
붉게 타는 단풍의 속삭임처럼
청초한 코스모스의 은은한 기다림처럼
마음 한쪽을 비워 둔 채
사랑하는 그대를 맞이하듯
촛불 같은 설레임을 지닌다.

아,
나에게 사랑하는 그대가 있었던가.
노래 부르는 작은 새이게 하고
푸른 숲이게 하고
옹달샘이게 하는

사랑하는 그대가 있었던가.
때론
비 오는 바다이게 하고
소나기 속에서 영혼을 떨게 하던
그대, 그대가 세월 속에 한 그루의
사과나무로 우뚝 서 있다.

한 알의 사과
그래, 희망은 오직 하나의 사과였다.
한 알의 사과를 먹기 위해
가슴은 피멍이 들고
오랜 세월 흘린 눈물로 하여
가뭄으로 갈라진 논밭처럼
시리고 아리다.

나는 뉴욕의 가을 속에서
간절한 기다림을 위해
찬란히 빛나는 단풍잎으로
불꺼진 그대 가슴에 등불을 밝힌다.

하나의 불꽃이
서서히 어둠을 뚫고 밝아오기 시작한다.

영혼은 눈을 뜨고 있다.
슬픔의 파도는 뜨거운 조수潮水가 되어
소용돌이 치면서
불빛에 녹아들고
목화송이처럼
부드러운 마음에서 솟아 나오는
슬픈 사랑의 노래.

금빛 찬란한 광채를 뿜어내면서
물결치듯 흔들리는 안개 속의
그대여,
무릎 꿇어 그대 발끝에 입맞춤하네.

단풍은 축제의 불꽃처럼 흩어지고 있다.
바람소리
파도소리
수풀소리
고요를 깨고
단풍들이 합창을 한다.

나는
단풍의 눈빛을 하고

한 알의 붉은 사과를
사랑하는 그대에게
두 손 모두어 올린다.

침몰하는 해

파랑새를 가지세요.
파랑새를요?
그래요. 파랑새를 그대에게 줄려고 해요.
받으세요. 두려워 말아요.

파랑새는 바람이 아니었나요?
손가락 사이로 빠져 나가는 바람
그 바람이 파랑새가 아니었나요?

그가 먼 바다의 소리로 다가온다.
돛단배가 쏴, 바닷물을 가르며 시원스럽게
내 가슴속으로 파고든다.

자!
이 파랑새를 보아요.

웬일인가.
보이는 것은 바나와 하늘
귀를 아리게 하는 바람
바람소리.

이제는 살짝 스치기만 해도 준비된 눈물이

방울져 흐르는 슬픔.

파랑새가 있다고 누가 말했나?
그대 손에 올려놓은 찬란한 보석은
나를 외로운 동굴로 추락시킨다.

날고 싶다.
때때로 사람들이
새를 부러워하는 이유를 알 수 있을 것 같다.
나는 철새이고 싶다.
철따라 여행을 준비하는 철새
그들의 작은 심장에도 설레임은 살아 있을까?

새벽마다 가정을 멀리하면서
직장으로 달리는 나는
여행을 꿈꾸고 있다.

철따라 날으는 철새가 되어
푸르고 맑은
남태평양의 매력적인 훌라춤을 보고 싶다.

여기

그대가 갈망해 오던 파랑새를 가지세요.
어디선가
꿈이 아닌 현실이 나를 유혹하고 있다.

롱아일랜드 오이스터 베이
붉은 해가 잠기는 바닷가에 서서
나는 해가 되어
깊이 침몰하고 있다.

어느 하루 그리움 저편

돛단배 가는 곳은
어디쯤일까
아는 것은 그저
멀고 먼 나라
그리움 저편

가을비 내리는 선창가
망막한 그리움
돛단배에 실어
바다 끝
끝이 있을까.

마음은 비가 되고
바다가 되어 출렁이네.

어디에선가
훈훈한 그대 목소리
들리는 듯싶어
두 귀를 활짝 열어 설레이니
멀리서 날아오는
갈매기 소리뿐
내 입술을 어루만지는

바람이
그대 대신하여
마음을 적서 주네.

돛단배 가는 길은
어디쯤일까.
아는 것은 그저
멀고 먼 나라
그리움 저편.

아름다운 나라

만약에 만약에
이 세상이 온통 어린이만 사는 곳이라면
무지개처럼 아름다운 나라가 될 거예요.

구름 위에는 푸르고 맑은 나라
해와 달 그리고 별
다이너소오도
아니, 이 우주 안의 모든 자연은
어린이의 친구

어린이의 나라는
모두 사이 좋고, 다정한 친구가 되어
항상 신나고, 즐거운 웃음 소리가
꽃이 되고
나무가 되고
색색의 무지개에 주렁주렁 색색의 과일이
어린이의 기쁨이 되지요.

구름 위에 세워진 우주학교
빙글빙글 돌면서 공부하지요.
땅 위에서 일어나는 전쟁과 공해
각종 범죄가 없는 어린이의 나라

만물이 웃음꽃을 피우고
평화와 행복만이 있지요.

새해 새아침을 맞이하면서
꿈과 희망이 무지개처럼 펼쳐지는
어린이의 아름다운 나라로 초대합니다.

하늘의 새

내 그대 그리워함은
해바라기가
해를 향해
목말라하는 것보다
더 뜨거움이다.

내 피 속에서
응고된 고독만큼이나
아픔은 천지를 흔들고
몸에서 비가 내린다.

이제는
날을 수 없는 새
하늘의 새

안으로 고인 한스러움이
엉켜서 우는 새
넓은 하늘을 찾지 못하고
손바닥만한 허공에서
우는 새

내 그대 그리워함은

선지피 토해 내는 바다의 열망보다
더 뜨거움이다.

웃어라, 우는 것보다 보기 좋으니까

웃으면서 살 수만 있다면 좋겠지.
눈물짓는 것보다는 웃는 쪽이 좋겠지.
모르는 척할 때가 마음 편하지.
바보가 되어 보는 것도 마음 편하지.

날을 수 있다고 뽐내지 마라.
달리는 재미도 제법이니까.
기어다니는 묘미도 제법이니까.

날으는 자 볼 수 없음을
달리는 자 보게 됨을
기어가는 자만이 만질 수 있음을
이 은밀한 기쁨을
그대는 아는가.

사랑은 하나가 아님을 알면서도
하나라고 하나라고 억지 부리니
너도 아프고 나도 아파서
가슴 안에서 폭포수 소리가 나네.
어찌할까.

억지로 붙들고 늘어지는 것보다

적당한 선에서 싹둑 가위질하는 것이
너도 살고 나도 사는 길이니
얼마나 시원한 일인가.

동쪽이니 서쪽이니 싸우지 말고
어차피 동과 서는 등돌려야 되는 것을
마주 보며 껴안으려고 애쓰지 말고
적당한 거리에서 웃고 손 흔들면
이리도 다수운 눈빛이 되는 것을
그대는 아는가.

어제가 오늘이고, 내일도 오늘인데
오늘만 생각하고 열심히 살면
대리석으로 쌓아 올린 오늘의 인생
그 위에 피어나는 장미

알고 나면 별게 아닌데
슬픔도 기쁨도 지나고 나면
보이는 것은 퇴색된 한 폭의 그림

우리들의 삶이
어차피 허망하다는 것을 알고 나면
마음의 평화, 잔잔한 호수가 된다.

인생의 열매

씨앗이 터지는 소리를 들은 적이 있습니까?
한밤에 깨어 일어나
땅 속에 파묻힌 씨
그 씨앗의 생명
소리 없이 깨어나는 몸짓을 보신 적이 있습니까?

한 알의 열매가 영글기까지의 오랜 시간
고통의 기다림
침묵은 용광로를 품고 있다.

금金이 되게 하고
  칼이 되게 하고
    선善이 되게 하고
      악惡이 되게 하는

침묵의 힘

비가 되고
  낙화落花가 되는
    세월의 소리
      넋이 열정을 지니고 항해航海를 한다.

넋의 열매
진실한 마음에서 열리는 푸른 옥구슬
착한 마음에서 열리는 영원한 사랑
희망을 품고 있으면 찬란하게 빛나는 별

그대
마음밭은 옥토인가.
가뭄의 대지처럼 갈라져 있는가.

한 알의 씨앗이 터지는
그 자리에
아픔의 고통 없이는
열리지 않는 삶의 지혜

오늘
그대와 함께
한 알의 씨앗으로 깨지는
영원한 사랑의 열매.

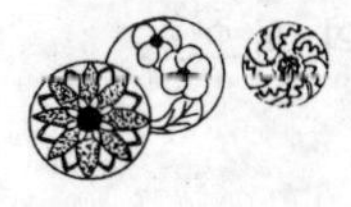

사랑은 아름다운 심장의 속삭임이다

그대 있음으로 나의 슬픔 고이네.
그대 있음으로 나의 기쁨 넘치네.

촛불을 켠다.
심장을 태우면서 서서히 죽어간다.
죽음이 찬란히 빛나는 사랑
영원한 마음 안의 불꽃들의 속삭임

나는 듣고 있었다.
"두려워하지 말라.
고통의 짐은 이미 내 등에 있느니라."

그대의 사랑에 접붙이는 나의 아픔
메리 크리스마스
하얀 눈이 되어 촛불에 녹아들고
아, 평화로운 잠

심장은 타서 멈추고
촉루燭淚는 헌신의 몸으로
침묵하고 있다.

그대 내 안에 있음으로

영원한 크리스마스에 머물고
기꺼이 촛불 되어
그대 사랑에 죽으리.

나의 노래

1
어디쯤인가
그대와 마주 앉은
은은한 불빛 속은

60년대에 취했던
샹송의 멜로디 위에
혀끝을 축이는 달콤한 포도주가
나를 적시고

잃었던 세월을 되돌려 받기 위해
서로서로
손을 잡고
우리는 산너머 손짓하는
파랑새를 그린다.

창 밖엔 소리 없는 비가 내리고
가득한 것은 없어도
한여름 깊은 밤을
내일이 없는 시간 위에
아름답게 입맞춤한다.

젊게, 아주 젊게
그대와 마주 앉은
은은한 불빛 속은
어디쯤일까?

　2
나는
그대를 즐겁게 하는
노래하는 새

나는 그대의 눈을 찬란하게 하는
반짝이는 샛별

나는
그대의 혀끝을 축이는
해묵은 달콤한 포도주

나는
그대의 빈 가슴
흐르는 바닷속
그리움으로 다져진
한 알의 진주

아, 그대는 나의 영혼인 것을……

　3
그대와 마주 서면 눈이 부셔요.
한낮의 찬란한 햇살보다
더 뜨거움으로
내 영혼을 불태워요.

나는
눈부신
그대의 가슴으로 날아가
새로운 꿈을 꾸어요.
무지개빛 꿈을요.

그대는
어둠 속의 찬란한 별이어요.
나의 하늘에 반짝이는 보석이 되어
빈 마음에
풍요로운 삶을 가꾸게 해주어요.

아,
그대는 밝음이어요.

허허로운 벌판에 보름달로 와서
시들어 가는 세월에
눈을 뜨게 하는
맑은 거울이어요.

　4
파도 위에 복사꽃 피네.
복사꽃
꽃잎마다 이슬처럼 내려앉은
천연진주 엮어서
목에 걸고
눈빛에 매달며

하늘이여
사랑은
당신이 주신 선물인데
젖은 마음
간절한 그리움으로
파도 되어 철썩임은
그대 등에 얼굴 파묻고 서러워라.

봄빛에도 시린 손

복사꽃으로 감싸며
그래도 빈 하늘
어찌할까 !
정말 어찌할까.

복사꽃은 파도에 흩어지고
서러운 넋은
하얀 등을 보이며 멀어져 간다.

순종하는 자가 되게 하소서

비바람에 잎새 하나 떨어질 때마다
나무는
저항의 몸짓도 없이
침묵의 통곡을 안으로 안으로
삼키는가보다.

눈에 보이지 않는 나무의 상처
자기 육신의 한 점을 비바람에
뺏기면서
순종의 아름다움을 피운다.

비 오면 비를 맞고
눈 오면 눈꽃을 입으며
폭풍우에 맞아 팔 하나가 달아나도
나무는
거부하는 몸짓도 없이
말 없는 순종을 창조주에게 보낸다.

모체母體를 떠난 잎새조차 침묵이다.

잎의 언어
새벽 이슬에 깨어나는

천사들의 순결한 미소를
잠들어 있는 내 영혼에 불어넣는다.

영혼과 영혼이 날개춤을 추며
나무와 녹음 사이를
돌아다니며 말을 한다.

거부하지 말아요.
거부하는 몸짓은 더한 아픔이며
고통이지요.
자연은 창조주에 대한 말 없는
순종이에요.

비가 오는 것을 막을 수 없듯이
눈이 오는 것을 막을 수 없듯이
안으로 안으로 피멍이 들고
살점이 찢겨 달아나고
피를 쏟아 내어도
자연은 순종의 몸짓으로 서 있지요.

그러나
알고 있나요?

순종 안에 기쁨이 있음을
피흘림 속에 평화가 있음을
아, 이것이 사랑의 묘약인 것을……

사랑은
아름다운 희생의 꽃잎이지요.
피 한 방울 남기지 않고
줄 수 있는
고귀한 희생
생명을 주고도 한없는 기쁨
나무와 잎의 언어
하늘을 향해 날으는
천사들의 노래.

순종은 사랑의 몸짓이다.
기쁨으로 넘치는
찬란한 죽음이다.

나, 시방
나무와 잎의 영혼으로 서는
순종하는 자 되게 하옵소서.

소리 없는 말

그대의 말은 소리가 없어서 아름답습니다.
가끔씩 사람의 말은 소리가 커서
사랑하는 마음을 부서지게 합니다.

파도는 바위를 부수고
태풍은 나무의 가지를 꺾어 놓습니다.
다이너마이트는 산을 폭발시키고
폭우는 삶의 터전을 무너뜨립니다.

소리가 큰 말은
우정을 죽이고
믿음을 죽이고 나를 죽입니다.

그러나
잔잔한 호수는 평화를 안겨 주고
산들산들 부는 바람은
우리의 마음을 상쾌하게 합니다.

그대의 말은 소리가 없어도
천지를 진동시키고
오랜 세월 굳어진 욕망덩이도 녹아
강이 되어 흐르고

바다가 되게도 합니다.

소리 없는 말은 깊은 바닷속
천연진주
소리 없는 그대의 말씀입니다.

하늘을 보고 눕다

새벽마다 종이컵을 입술에 대면서
조금씩 쓸쓸해진다.
커피를 마시고 나서 아무런 미련도 없이
쓰레기통에 던지는 종이컵처럼
나의 시간들이 쓰레기가 되어
처참하게 죽어 있다.

미래 속에 과거를 살려둘 필요가 없다.
고통스러웠던 세월이 자랑이 될 수 없듯이
화려했던 순간도
미래를 기쁨으로 몰고 가지 않는다.

퀸즈보로 선상을 달리다 보면
성모마리아상 뒤로 줄줄이 늘어 서 있는
침묵의 세계

그들은 모두 하늘을 보고 있다.
하늘로부터 축복받은 맑은 영혼
나는 그들의 영혼과 어깨동무하며
평화와 자유를 얻는다.
재물로부터의 자유
권력으로부터의 자유

체면으로부터의 자유
나를 옭아맨 윤리와 도덕으로부터의 자유

나는 알게 되었다.
나의 세월이 쓰레기처럼 죽어 있는 것이 아니라
영혼이 내 생각 속에 갇혀 있었음을.

하늘을 보고 누웠다.
꽃구름 사이로
눈부신 햇살이 기쁨의 날개를 펴서
내 영혼을 안는다.

이제는 새벽마다 종이컵을 입에 대면서
조금씩 달콤한 꿈을 꾸기로 하자.
커피를 마시고 나서 아무런 미련도 없이
쓰레기통에 죽어 있는 나의 욕망을 뒤로 하고
자유의 날개를 펴자.

모든 것을 버리고
하늘을 보니
기쁨은 눈부신 햇실로 닐개를 펴고
사랑 노래 부른다.

이제는 새벽마다 종이컵을 입에 대면서
쓸쓸할 필요가 없다.
죽어 있는 시간을 외면하고
침묵으로 누워 있는
과거의 사람들을 생각하리라.

이 세상 모든 것이

나는
날마다 세상의 파도를 타면서 멀미를 한다.

돈의 멀미
언어의 멀미
온종일 멀리 약을 찾아 나선다.
멀미약은 아무 곳에도 없다.
하늘과 땅 사이를 헤매던 나의 넋이
파도를 타면서 말한다.

이 세상 모든 것이 별처럼 빛났으면 좋겠다.
별이 반짝이는 빛으로
모든 것을 감추듯이

슬픔은 은은한 빛으로
기쁨은 더 큰 찬란함으로

이 세상 모든 것이
바다처럼 침묵으로 있으면 좋겠다.
조개가 천년의 진주를 품고서도
겸손한 모습으로 있듯이

잘난 사람 때문에
못난 사람이 상처받지 않고
가진 자가 죄인이 되어
무릎 꿇는 일이 없게 하고
너도 나도
조개 속 한 알의 진주가 되었으면 한다.

이 세상 모든 것이 태양이었으면 한다.
하루의 번뇌를 품고
지는 노을에 잠시 가라앉았다가도
다시 솟아나는
아침마다 새 출발을 하는 얼굴로
아, 이 세상 모든 것이
찬란한 태양으로 빛났으면 한다.

그리움의 땅에

1
나는 가끔씩 옛 선비로 살고 싶네.
우리나라 삼국시대로 돌아가서 가난한 선비처럼
시나 읊으며 살고 싶네.
그래,
김삿갓처럼 방랑시인이 되었으면 하네.
묻힐 곳, 마음 쓰지 않고
머무는 곳이 고향이며,
어느 촌가의 감자 밭에서 허기를 채우고,
맑은 시냇물에 목을 축이며,
그 황홀한 맛에 취하고 싶네.

오랜 세월
가난한 이방인이 되어 살다 보니
가끔씩 안겨 보는 내 조국, 고향이 낯설어
가슴에서 바람소리 나네.

왜, 우리는 고향 산천에 묻히길 갈망하는가.
사랑 때문인가.
아니면, 우리들의 영혼이 남의 나라에 묻힌
육신을 떠나지 못한 슬픔 때문인가.

2
'내 고향 남쪽 바다……'

나는 빈터를 좋아한다.
빈 아파트, 빈 집, 빈 교실, 빈 사무실,
텅 빈 모래사장, 내 눈앞에 펼쳐진 무한한
공간, 그것은 내 마음 또한 비게 하고
평화로움으로 빠뜨린다.

여고시절엔 빈 교실에 앉아 있고 싶어
아침도 굶은 채 새벽같이 뛰어나가
학교 정문을 들어서면
아침이슬에 젖은 풀잎을 밟으며
하루를 여는 내 마음은
언제나 설레임으로 벅찼다.

또한 방과 후
텅 빈 운동장 한 귀퉁이에 자리한
등나무 밑
벤치에 앉아 있기를 좋아했다.
친구들의 재잘거리는 소리가 바람에 실려
귓전을 간지럽히는

그 간지럼을 즐겼다.

　3
나는 해질 무렵,
한적한 고궁의 돌층계에 앉아 있기를 좋아했다.
늦은 가을, 쌓인 낙엽 속을 헤치며
내가 묻힐 손바닥만한 땅도
더구나 서울엔 비집고 들어갈 개미구멍만한
곳도 없다.

　4
내 조국과 내 고향은 내 가슴 속 넓은
'그리움의 땅'이려니
지구의 별빛 같은 자리에 내 육신 잠들게 하고
가끔씩
내 영혼과 입맞춤하며 그리 살겠네.

장난치는 다람쥐들을 보는 것이
매우 재미있었고
도토리를 까먹는 그 귀여운 모습들이 근심을
잊게 해주있네.

요즈음에도 가끔씩 학교에 늦게 남아 있는
막내를 데리러 가면, 넓고 푸른 운동장이
마음을 설레게 하고
희끗희끗한 머리를 쓸어 넘기며
먼 먼 하늘을 보네.
문득
몸과 마음이 따로따로 헤어질 수 있다는 발견이
나를 기쁨으로 놀라게 하네.

나는 보았네.
내 마음에 보드라운 큰 날개가 퍼덕이며
푸른 하늘을 향해 날고 있음을.
그뿐인가.
모국에 있는 정다운 사람들의 마음에도
날개를 달고 이 땅에 날아와
마음과 마음이 속삭이는 그 찬란한 꽃잎을.

멍 에

밝음이 두려워
어둠 속에서 자유를 찾는다.

알몸을 감추고
수많은 본능이 날개를 펄떡이며
신바람이 난다.

눈 감으면
활활 불타오르는 영혼
헤아릴 수 없는 고통에 멍이 든
알몸이여.

부끄러워라.
밝음은
햇살과 하나가 되어 부서진다.

용광로에서도 녹지 않는
나의 자유

피멍으로 얼룩진 알몸에
깊숙이 뚫고 들어오는 햇살
부서지지 않는 순수는

나의 마지막 자존심이다.

자존심에 소금을 뿌리며
썩지 않게 하는
알몸

부끄러움의 쇠사슬을 끊고
엎드려 햇살에 목욕한다.

오늘
창공을 날으는 새여
자유는
퍼덕이는 날개에 있다.

재미시인 _{在美詩人}

30년을 손님으로 살다가
숨가쁘게 뛰어
그대 창가에 서니
문고리 잡고도 열지 못하는
낯설은 가슴

시린 밤에
빈 자리
등 시려운
외로움 달래 주는
단비 같은 그대 목소리 듣고파
귀를 열고 기다리니
모르는 척
겨울나무 사이로 빠져 나가는 메마른
바람소리

누가 나에게 재미의 시인이라 부르는가.
손님으로 의서 손님오료
그냥 잠시 반가운 손님으로 머물다
떠나라 눈짓하는
그대여.

나도 주인이 되고 싶다.
벌거벗고 춤을 춰도
하늘아,
부끄럼 없는 나의 자유
눈치밥
늘상 목에 걸려 서러운 고아야.

30년을 뒷걸음쳐서
그대 품에 안겨
하늘 바다 이슬을 먹고
백옥 같은 시를 낳고 싶다.

그리움 때문에

꽃비 내리는 아침
뉴욕 그리움에 젖어
서울의 맥도날드 유리문을 밀고 들어선다.
거리의 풍경이 보이는 높은 의자에 앉아
내 나라에 와서도 짧은 다리가
공중에 매달려서
외롭게 흔들거리고 있다.

막내 또래의 남녀 대학생들이
새들처럼 재잘거리며 프랜치프라이를 먹고 있다.
나는 노년老年의 대학생이 되어
막내가 즐겨 먹던
빅 브랙패스트를 시킨다.

미지근한 빵 사이에 끼인
에그 앤 햄 샌드위치
씹혀지지 않는 그리움이
목에 걸려 슬픔이 된다.

창窓 멀리
사람들의 물결을 헤치고
아득한

롱 아일랜드의 바다가 보인다.
찬란하게 솟아 오르는 해
자유를 날개짓하는
갈매기떼가 아침 햇살에 목욕을 한다.

유리문이 열린다.
운동모를 거꾸로 뒤집어쓴 여대생들이
내 곁에 와 앉는다.
달랑달랑 허공에 매달린 내 짧은 다리와
땅에 단단히
붙어 있는 긴 다리
그래, 여기는 그리움의 땅
서울
그리움은 서울이 아니라 멀리 두고 온
이른 새벽 맥도날드 빅 브랙패스트를 먹고 있는
막내
내 안에서는 이미 수술할 수 없는 불치의 그리움이
절망하게 한다.

제 2 부
바람으로 눕고 싶다

언제나 손님처럼 다가간
그대 가슴 언저리
빙빙 돌다가
먹구름이 되어
비가 되네요.

그대 그리움으로 가슴 에이는 날
바람 부는 빌딩숲에 서서
하늘을 보니
그대 얼굴이 비가 되어
내 몸을 적시네요.

먼 얼굴

〈Ⅰ〉

음악
두절된 산책
몸에 못이 박히도록 딱딱한
방바닥에서 뒹굴다.

나의 주±
멀리 한지도
오랜 세월
허나 가끔 생각나는 주±
먼먼 시인의 마을이 그리웁다.

어제와 오늘 무엇이 변했는가,
날짜와 요일
그리고 날씨와 온도가
어제보다 따뜻하다 …… 그런 것
보이지 않는 나의 인생이
조금씩 시들어 가는
그 변화
목마름
타는 목줄기

〈Ⅱ〉

오랜 세월
내딴엔 많은 생각으로 밤을 새워 보았지만
얻은 것
진주는 빛이 다르지 않았고

꽃잎 같은 가슴으로
집 짓고 살아 보았지만
오가는 계절은
흰구름에 모여 살 뿐……
내사
버릴 수 없는 쓸쓸한
이국異國의 땅이여!

무딘 저항의 깃을 털고 나면
과일처럼 영글어 가는
나의 사랑아

〈Ⅲ〉

내 나라에
폭우가 몰아쳤다는 소식을 듣던 아침
종일

나의 수풀에도 찬비가 내리고
비에 젖은 그대의 눈이 다가선다.

이제부터는
온통 비투성이가 된 밤과 낮
설움이 익어 가는 과수원에서
나는 볼 것이다.
비를 입고 서 있는 그대를

거기
서 있는 그대를
나는 뜨거운 사과를 먹을 것이다.

그대 가슴에서 가장 진한
단풍을 먹을 것이다.
그리고 그대 눈에 담긴
여름보다 눈부신 수풀에
취할 것이다.

그대 없는 내 과수원에
엉글어 가는 사랑
이제부터는

온통 비투성이가 된 밤과 낮.

울타리 없는 창가에 와서
머무는 바람이
그대 대신해서 하는 이야기를
들을 것이다.

〈Ⅳ〉

먹구름이다.
흐르지도
쏟아 내리지도
못하는
먹구름이다.

바람아
불어라
깊숙한 우수에 뒤덮인
조국의 창을 온통 휩쓸어라.

그리하여
살기 좋은 땅에
조그마한

열망을
심게 하라.
꽃피게 하라.

〈V〉

내 나라 그리움에 가슴 적시는 것보다
내 아가 눈꽃에 무궁화꽃 심어 주고
진주는 어느 나라에서나 빛을 발하듯

나도 무궁화꽃 피는
아가의 눈 속에 살리라.

〈VI〉

마음은 늘 잡을 수 없는 별이다.
마음은 늘 스쳐가는 바람이다.
마음은 늘 홀로 노래하는 새이다.
마음은 늘 바닷속 물고기다.
마음은 늘 안으로 안으로
몰래 외로운 얼굴이다.

⟨Ⅶ⟩
촛불은
어느 한 생명
그 주변에서 타오르는
조용한 삶이다.

마음은
늘상
고단한 방황을 털고
비로소 사알짝
불꽃에 녹아들고
고개 들어 가슴에
얼얼한 불길을 달래이면
먼데서 두고 온 고향의 달이
창을 넘는다.

그렇게도 알 수 없는
많은 세월이 바람처럼 밀물하고 있나니
아가의 얼굴에도
어느새 조국의 뜻이 어리누나.

촛불은

……속으로 감도는 뜨거운 기원 속에
겹쳐 흐르는 무궁한
강물 속에

　　　　〈Ⅷ〉
이따금 외로울 때
재봉틀 앞에 앉아
마음을 박아 본다.

아무런 모형도 없이
목마른 꿈이나
조국 그리움을 다 버리고
다만
어느 날 아름다웠던 나이
물 흐르는 눈동자를 열고
들 들 들
세월을 박아 본다.

분명
나의 시는
생활에 산히어
졸고 있다.

어느 날
백조의 꿈을 베고
흐르는 구름의 수풀과
어딘가 어설픈 허무
스스로 젊음을 걸치고
서울의 광화문 네거리로
날아가 본다.

헤매다 쓰러져 들어선
정다운 찻집
웃으면 눈이 없어지는 여인
그녀가 날라다 준
반 잔의 커피.

이따금 외로울 때
재봉틀 앞에 앉아
조국을 박아 본다.

〈Ⅸ〉

나는 아름다움이고 싶다.
바다에서
하늘에서

꽃에서
수풀에서

너무 아름다워 황홀하게
눈부시고 싶다

<X>
詩는 참으로 신비한 아름다움이다.
아픔도, 기쁨도, 세월도
그 안에서 물결친다.
시詩가 나이고 싶다.
내가 시詩였으면 한다.

<XI>
기쁨은
푸른 하늘을 온통 내것으로 할 수 있다는 것,
빈손으로 가득히 닦아내는
하늘

창 없는 집을 짓고
별의 합창 소리에
춤추는 나의 얼굴

밤마다
새롭게 안겨 오는 달은
나의 순수함.

때론
피리를 부는 소년
무성한 잎새 담아내는
맑은 눈동자.

나는
연령의 계단을 뛰어내려와
하늘의 파도에 실려
빈손으로
뉴욕과 서울을 오간다.

<XⅡ>

바람 분다
부는 바람에 춤추는 얼굴
세월의 얼굴
내 얼굴.

눈 속에 일렁이는 깊은

바다
꿈을 불태워
피는 꽃물결
하늘을 담고 있는 바다.

바다를 들여다보면
하늘의 얼굴을 볼 수 있다.
하늘의 얼굴이 바다에 겹쳐
하늘인지 바다인지 알지 못한다.

세월과 나란히 걸어가는
내 얼굴
꽃 같은 바다
오! 바람
바람 같은 내 얼굴.

〈XIII〉

누구의 자리도 아닌
누구의 자리도 될 수 있는
누가 먼저도
누가 나중도
상관없는 자리

아득한 먼 자리
꿈 같은 빈자리
나 홀로 앉아 있고 싶구나.

바람소리
새소리
다람쥐
들토끼도
소곤대는 숲속
빈자리
달빛만 살짝
앉았다가 간 자리
그 자리가 있어
나는 온 세월 찾아 나선다.

六月이면

유월이면, 왼종일
향기로운 꽃숲에 앉아
흐르는 흰구름에 궁전을 짓고
별빛처럼 수많은 상처의
슬픔과 괴로움
온통
태양열에 불사르고
우리는 빈 마음으로 내일을 시작한다.

유월이면, 왼종일
꽃숲에 숨어 누워서
꽃잎마다 방울방울
햇빛 받아 피어나는
우리들의 작은 꿈일지라도
태양보다 뜨겁게
찬란히 빛나고 있다.

조국의 새

어디서나 눈을 열면
내 조국이 너무 가까워
보이지 않을 때가 있다.

정情을 쏟았던 조국의 얼굴은
안개 같아서 막막해질 때가 많다.

그래서
얼굴은 가까운 듯 먼 듯
늘상 안타까움이다.

먼 얼굴
경포대 동해안 먼 먼 수평선
내가 살고 있는 뉴욕이 아득하여
다시 뉴욕 롱아일랜드 대서양 끝
보이지 않는
먼 얼굴
내 조국이 바람 같아서
파도소리를 낸다.

내 조국은
너무 가까워 보이지 않고

너무 멀어 보이지 않아
원시와 근시를 오가며 앓아야 하는가.

지구의 별빛 같은 자리에

지구의 별빛 같은 자리에
내 영혼 심어 놓고
쉬어 가는 바람과 입맞춤할까.

밤마다 폭포수처럼 통곡하는
끊임없는 절망이여,
고향 잃은 마음은
몇억 년 가뭄으로 찢긴 논밭처럼
쓰리고 아려
나이테로 오르는 가쁜 심장 소리가
안타깝게 가라앉는다.

바다를 품고 있었다.
가슴 깊이 숨겨 둔 추억의 항아리
몰래 열어 보며
절망의 비탈길에서
새가 된다.

날아라.
날아라.
날개 없는 새여.

바다 깊숙히 침몰한
보물선처럼
영원한 기다림인가.

어디선가
훈훈한 바람 같은 그대 목소리
나를 껴안고
지구의 별빛 같은 자리에서 영혼으로 산다.

봄 아지랑이 타고 온 그대여

잡힐 듯 잡힐 듯 봄 아지랑이
타고 온 그대여
안타까움으로 조이는 마음
흐르지 않는 눈물 가득 담고
바라보는
한 뼘만큼의
거리

한 뼘만큼 뛰면
한 뼘만큼 달아나는
나의 그리움
안쓰러운 가슴을 어루만지며
한 뼘만큼의 거리는
바다로 출렁이게 한다.

오랜 세월
닫혀진 나의 창
누가 다가온 것일까!
바람 타고 들려 온 목소리
그대는 과연 누구인가.
꺼진 영혼에 불 밝히기 위해
이 봄, 아지랑이 타고

봄꽃을 들고 온 그대는 정녕
누구인가.

창窓은
폭포수처럼 부서지며
한 마리의 작은 파랑새가
하늘로 솟아 오른다.
파랑새는 은빛 날개를 펴고
내 영혼으로 날아든다.

나의 영혼은
그대의 영혼과 하나가 되어
푸른 물빛을 발한다.

이제는 창살 없는 나의 영혼
봄 아지랑이 타고 온
그대와 하나가 되어
먼 지평선 위
영겁永劫의 푸른 소나무나 될까.

봄날에 오신 이여

별들도 함께 우는
새벽 봄비 속에
슬픔의 바람이 물살을 가르며
한 장의 사진으로 오신
꿈 속에 오신 이여.

모든 만물이
긴 잠에서 깨어난다는
부활의 환희가 온 세계를 울리고 있는데
어찌하여
그대만은 긴 잠이 드셨나요.

그럴 수는 없다고
그럴 수는 없다고
꿈 속에서 들리는 목소리
누구일까요?
아득히 멀리
잡힐 듯 말 듯
봄 아지랑이 되어
안타까움으로 마음 태우는
깨어 있는 자의
그리움과 사랑을 아시나요?

사진 속의 하늘나라
그 나라에도
봄이면 꽃이 피고
새가 노래하겠지요.

지금은 이별의 순간이 아니라
영혼으로 만나는 기다림의 시간
다시 만남의 기쁨을 위해서
기도합시다.

무한한 밝음으로 오는
기도의 세계
이제는 새벽에 내리는 햇살로
저녁에 지는 노을로
봄비에 돋아나는
연초록의 풀잎처럼

또는 밤마다
우리들의 가슴에
반짝 빛나는 별
새벽별
길 잃은 자의 밝음이 되소서.

봄비 속에 오신 이여
눈물은 이별이 아니라
사랑임을 잊지 마소서.

낙엽의 노래

그대들은 나의 죽음을 가엾다 여기시나요?
어느 날
찬란한 녹음이 되었다가
눈부신 단풍이 되기도 하면서
이제는 그대들의 발 밑에
밟히고 부서지면서도
침묵으로 사는 나의 마음을 아시나요?

나에게 묻힐 고향 땅은 없을지라도
내 죽음이
새 생명을 위한 희생인 것을
그대들 또한
죽어야 영원히 살게 됨을
이것이 바로 세상의 순리임을 깨닫게 함이라.

그리하니
발 밑에 뒹구는 하잘것 없는
한 잎의 낙엽일지라도
그대들이 밤낮으로 탐내는 황금보다
더 귀중한 말씀으로 살아날지니
바쁜 걸음 잠시 쉬어
빈손 위에 낙엽 한 잎 거울삼아
그대 모습, 비추어 보셔요.

봄의 사랑

버리고 버리는 지난 세월
끈끈하게 떨어지지 않는 숱한 사연들이
가끔씩 절망하게 하지만
버리는 것은
묵은 때를 밀어내듯
시원타.

20여 년 전 알 수 없는 손이
가짜 보석까지 송두리째 슬쩍 했지만
허술한 속옷 사이에 끼어 있던
오팔 목걸이
1963년의 갇힌 사랑이 날개를 달고
나를 향해 날아오고 있다.

거친 내 손바닥에 돋아난
푸른 새싹 하나
반생의 긴 동면冬眠에서 깨어난
그대 얼굴이 환하게 웃고 있다.

이제는
어둠 속에 갇혀 있을 이유가 없다.
밝음 속에

이슬처럼 영롱한 오팔은
그대의 사랑이 되어
슬픈 사슴의 목에서 눈부시다.

푸른 오월의 노래

하얀 도화지가 찬란한 햇빛을 담고 있다.
천국의 햇살을 가르고
새가 되는 꿈
물고기가 되는 꿈
꿈이 꿈을 낳고, 꿈으로 산다.

나는 너의 도화지 속의 꿈이 되어
너와 하나가 된다.
너와 가만히 눈을 맞추면
푸른 초목
보다 더 눈부신 밝음
그 밝음이 나를 부끄럽게 한다.

때묻은 욕망이 어디론가 숨어버리고,
도화지 속으로 들어가
수영을 한다.
"누나, 난 누나가 좋아."
"나는 네가 좋아."

아이스크림은
사랑의 꿀맛이 되어 영혼을 달콤하게 한다.

우리 어린이들에겐 남북의 비극이 없다.
내것이 네것이고,
네것이 내것이 되는 어린이들의 세계
푸른 하늘은 먼,
먼 나라가 아니라 내 앞에 눈을 마주친
그대의 눈망울 안에 담겨 있다.

나는 파란 하늘을 마시며 찬란한 햇빛 속에
행복한 잠을 자고 있다.
영원한 푸른 오월이 되어.

뉴욕·여름 사랑

〈I〉

그대 만나던 날
비가 내리더니
시방
햇빛이 쨍쨍 내리붓는 뉴욕의 맨하탄 거리에
갈 길 잃은
주름진 가슴 속으로도
비가 내리네요.

언제나 손님처럼 다가간
그대 가슴 언저리
빙빙 돌다가
먹구름이 되어
비가 되네요.

그대 그리움으로 가슴 에이는 날
바람 부는 빌딩숲에 서서
하늘을 보니
그대 얼굴이 비가 되어
내 몸을 적시네요.

〈Ⅱ〉

그대 그리움이
환희로 떨게 하는
꽃구름으로
내 영혼을 눈멀게 하고

갈라진 조국만큼이나
슬픈 우리의 세월
이제는 활활 타오르는
여름 햇살로
대서양에서 태평양으로
침몰하여
못다 헤아린
우리의 넋을 불태운다.

멀리서 구름을 가르며
작은 비행기 하나
나는 죽어버린 시간을 부활시키기 위해
여름 해가 되어
검푸른 파도처럼 부서진다.

기 도

가을이게 하소서.

당신의 텅 빈 눈동자 안에서
드높은 하늘이게 하소서.

당신의 고달픈 큰 눈물을
고이 받을 수 있는
다수운 손이게 하소서.

갈대밭 바람결에도 수줍은
청초한 한 송이 코스모스이게 하소서.

세상으로 치솟는 교만을
다소곳이 고개 숙인 벼이삭이게 하소서.

그리하여
영혼을 불 밝히는 가을이게 하소서.

제3부
얼굴 먼 얼굴

나는 가끔씩
무수한 칼날의 마음을 딛고
멀쩡하게 미소로 배신하는
인간의 심성을 보면서
바다의 깊은 우정에
가슴을 적신다.

귀 향

〈I〉

사람 속에 빠져
사람 그리워
마음을 닫는다.

빈 마음
수풀 바다
세월도 밀어내고
깨끗이 닦아서
빈 그릇.

그리움에 잠 못 이루던
옛 옛 밤
그 밤을 떠올리며
마음을 비워 둔다.

‘무엇이 보이나요?’
이십 년쯤 헤어졌다.
다시
품어 보는 뜨거움

‘그래 어디 있었나?’

비워 둔 마음에
넘쳐 흐르는
노래.

사람이 그리워
종일 사람 속에서
마음을 닫는다.

〈Ⅱ〉

뉴욕
서울
구름 타고 바람 타고
오가면서
내 키보다 조금 높은
육교에 서 본다.

세월을 점치기 어렵던
이국 사람들의 얼굴
아닌
내 얼굴 닮은
다정한 얼굴

숨쉬기조차 가슴 아리다는
공해
나는 그것을 마시며
소처럼 살이 찐다.

거리마다 스치는
소년들의 상고머리
눈꽃 같은 소녀들의 얼굴
좁디좁은 육교의 한 귀퉁이에
펼쳐 놓은
여인들의 가난에도
마음이 뜨겁다.

몰래
바람 타고 구름 타고 온
마음은 감격스러워
기쁨은 안에서 안에서 샘물처럼
뜨겁게 솟아오른다.

그 림

〈I〉

아직도 한참 여름일 텐데요.
밤새 천둥이 울고 비바람 소리에 지구가
흔들흔들하더니만
달리는 새벽길
꼬불꼬불 돌고 돌아 내려오는데
어마 !
차창車窓으로 보이는 말간 하늘이
높고 넓은 그런 것이 아니라,
길따라 꼬불꼬불
바람따라 수풀따라 아가 얼굴 꽃 얼굴
그대 눈빛마냥 요술을 부리는 그런 하늘이
있다는 것을요.
소녀시절엔 하늘을 먹고
하늘빛으로 마음 깊숙한 곳까지
물들었는데요.
그대는 늘상
푸른 소녀를 온통 가슴에 담고 싶어서
슬픔을 안고 살았지요.
오랜 세월이 지난 지금,
하늘을 먹고 먹고 또 먹어도
하늘빛으로 물들 수 없는 여인을

가슴에 담을 수 없어 쓸쓸한 노래와 함께
비가 될까 천둥이 될까.

            〈Ⅱ〉
막내가 그림을 그린다.
배를 깔고 엎드려서 나무를 그린다.

계절이 없는 나무
노랑, 파랑, 초록…… 크레용 파스텔
무수한 빛깔을 주렁주렁 달고 있는 나무

막내는 하늘을 쳐다보지 않아도
하늘빛을 안다
구름빛을 안다
바다인지 땅인지
알 수 없는 그런 곳에
초가집도 벽돌집도 아닌
지붕 큼직한 집을 짓고
막내는 나를 보고
씩 웃는다.
나도 웃는다.

그림 속의 머리 곱슬한 여인
소녀도 할머니도 아닌 여자는
눈동자를 열고 하늘을 본다.

흐르는 구름 사이로
멀리 비행기가 날은다.

"이 사람 누구니?"
"엄마."
자랑스럽게 웃는 막내의 눈빛엔
내 고향 하늘만큼이나
그립고 맑구나.

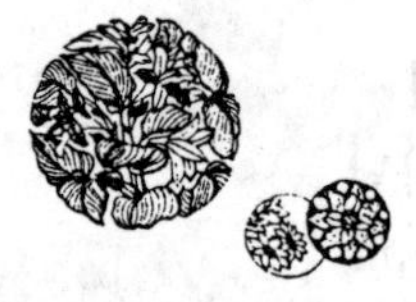

달에서 살아라

달에서 살아라
물도 공기도 없다는 하늘나라
오— 그리하면
내 가슴, 깊숙한 비밀스런
그 아픔의 흔적도 없는
달에서 살아라.

뜨거움과 차가움
낮과 밤의 극단을
오르내리는 나의 영혼
불 속에서도, 얼음산에서도
부서지지 않는 꽃살
육신을 날려
달에서 살아라.

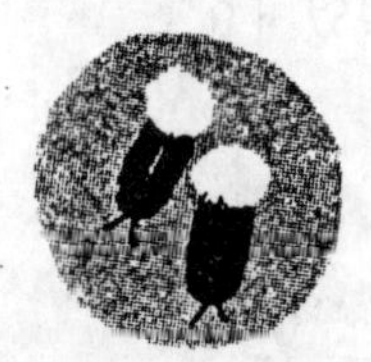

꿈열매

오랜 세월, 허허로운 내 가슴 깊은 곳에는
계절이 없는 눈이 왔지요.
그치지 않는 눈보라,
눈보라는 얼음이 되어 꽁꽁 얼음산을 이루고
나는 얼음을 가슴에 품고
살았지요.
뜨거운 몸부림 속에서도 세속世俗의 나를
부수지 못하고 냉혈로 앓고 있었어요.
그러던 어느 날, 돌연히 나타난 불꽃
그 불꽃은 꺼지는 일 없이, 얼음산에 박혀
온 세상을 흔들어 놓았지요.
빈혈을 안고 쓰러진 여인.
내가 깨어났을 땐, 찬란한 빛
그대는 불꽃으로 오셔서
얼음산을 녹여 주고 있었지요.

새롭게 태어나라
여인아
내 꽃밭, 아름다움을 풍기는
한 송이 나의 꽃이 되라.

피어서 열린 꿈

지상에 내려가 너의 것이 되는
꿈열매

얼음산은 녹아서 고향으로 흐르는
넓고 넓은 바다가 되었어요.

야자수 잎에 매달아 둔 마음이여

바람의 말을 합니다.
꽃의 말을 합니다.
하늘과 바다의 말을 합니다.
사람의 말을 숨겨 두고
나는 가을과 만나고 있습니다.
뉴욕의 가을품에 가을 눈빛을 하고
낙엽의 마음을 불태우며
바람이 되었다가, 바다가 되었다가,
새가 되기도 하고
한 알의 빨간 사과를 깨물기도 합니다.

로스엔젤스, 야자수 잎마다 매달아 두고 온
마음을
낙엽 줍듯 서둘러 챙깁니다.

나의 친구여,
나는 그대 마음속
늘상,
반가운 손님이었으면 합니다.
서로 마주 보는 눈안으로 피는
향기였으면 합니다.

나는
단풍의 말을
바람에 실어
야자수 잎에 매달아 둡니다.

나의 사랑하는 친구여.

그림 속의 얼굴

약 한 알 목에 밀어넣고
물 한 컵 들이키고서도,
한 알의 약은 언제나 목천장에 붙어
나를 암담하게 하고
슬프게 한다.

바람결에 들려 온 말 한마디가
목에 걸려 숨이 막히고 눈동자가 튀어 나오는 절망,
나의 하나님은 참아라 한다.
참고 참아서 포도알만한 담석이
온몸에 알알이 영글어도, 나의 하나님
거듭거듭 참아라 한다.

하늘과 땅이
온통 먹구름
그 사이
번쩍이는 번개
하나님 손길보다 독한
한 알의 진통제를 삼키기 위해 천둥을 껴안는다.

부드럽고 은밀한
바다의 음성으로 나의 영혼을 입힌다.

물결치듯 흔들리는 초혼^{招魂}
고독의
희망의
그리움의 그림도
아니 절망의 그림도 보이지 않게 되었다.

나에게 와라

파아란 창가에 멀리
보이지 않는
출렁이는 조국의 바다와
어느 조용한 기다림에
말없는
빈 꽃병

눈물겨운 기억들로
구멍 뚫린
나의 가슴을 잠재우고
사랑아
나에게 와라
마음도 잔잔히 바다에 잠기자.

어느 날
고향 항구의 뱃고동 소리에서 배워 둔
내 따스함으로
조심스레 너의 마음과 몸을 손질하면
오——
노래가 되어 나올 듯한
귓전의 속삭임

사랑아
나에게 와라
마음도 이 가을에
단풍을 태우자.

바 다

〈Ⅰ〉

바다는
기다리는 마음
어느 뜨거운 믿음의 알몸으로
조용하게 부풀어 오른 정오
손을 들어 나를 부른다.

아직은 잃은 것이 없는
잔잔한 해의 가슴으로
차마하게 열리어 오는 문이여

이 몸 죽어 돌아가 묻힐
깊은 신앙과 같은
평화를 위하여
바다는
어느 갈망의 눈을 뜨고 있다.

〈Ⅱ〉

바다는
언제나 한마음으로 그곳에 있었다.
한 번도 등돌리지 않고 세월을 초월한 채
한마음으로 나를 품어 준다.

슬픔으로 달려가도,
기쁨으로 뛰어가도,
바다는 아무것도 묻지 않은 채
가슴을 펴고 나를 안아 준다.

바다가 주는 그 믿음의 우정은
얼마나 깊은 것인가.
고향을 잃은 사람의
그 춥고 외로운 방황의 눈 속에
깊숙이 파고 들어와
온통 바다이게 하는 그 사랑은
무엇인가.

나는 가끔씩
무수한 칼날의 마음을 딛고
멀쩡하게 미소로 배신하는
인간의 심성을 보면서
바다의 깊은 우정에
가슴을 적신다.

어느 날
홀연히, 내 육신이 잠들고

외롭게 떠 있을 내 영혼의 방황을 위하여
바다는
변함없는 마음으로
나를 품어 주리라.

이제는 육신으로 만날 수 없는 사람

이따금 나는 과거 속에서 삽니다.
과거의 사람들을 만나 정情을 나눕니다.
과거 속에는 미움도 질투도 없습니다.
다만 사랑과 그리움만이 가득하게 넘칩니다.

과거 안에서 현재와 미래를 벗삼아 놉니다.
나는 과거가 되었다가, 현재가 되었다가,
거품 같은 미래가 되기도 합니다.

과거 안에서도 만날 수 없는 사람이 있습니다.
아지랑이처럼 가물가물,
구름이
바다가
별이 되어버린 사람

그들을 만날 수가 없어 나는
슬픕니다.

먼 바다

여름은 뉴욕 사람들을 배신하고
하늘에선 늘 비만 뿌려진다.

뉴욕의 내 동포들은 번개가 쳐도 골프를 치는데
비가 오는 여름바다엔
배고픈 갈매기만 울고 있을 뿐
조용하다.

돌연, 20여 년 보아도 내 뒷마당이
낯설어
롱아일랜드 죤스 비치, 비 뿌리는 바닷가에
슬픔으로 선다.

먼 지평선 너머, 고향의 유달산이
거대한 해일海溢로 나를 덮친다.

아, 그 바위산에 우뚝 서 계신
나의 아버지

새벽마다 하루같이 산길에 오르시어
유달산을 깨우시더니
오늘은 타향에서

별처럼 수많은 상처투성이인
고향 사람들이 안쓰러워
남쪽하늘 바라보시며
비가 되어 울고 계시는가.

멀리서 큰 별 하나
진홍의 장미빛, 푸른 불꽃이 되어
바다 속으로 떨어진다.
바다는
고향의 유달산이 되어
아버지의 얼굴이 되어
나를 적신다.

얼굴 먼 얼굴

얼굴도 아니고
가슴도 아니고
그런대로 바람은 불고

너라도 바라볼 수 있는
그런 자리에

부는 바람대로
또 얼굴 같은 것으로
가슴 같은 것으로

자꾸 자꾸
빈손 내젓고 싶은 거.
그런대로
눈감고 싶은 거.

사 랑

사랑은 영혼의 눈뜨임이다.

사랑은 말이면서
행동이면서
그런가 하면
미움이고
원망이고
그리움이고
달콤하고

바람이다가
파도이다가
빈혈이 되더니
비틀비틀 하늘과 땅을 안고

서울도 뉴욕도 아닌
지옥도 천국도 아닌
가라앉고 가라앉아서
남은 것은 상처
상처에 상처를 덧나게 해서
이제는 죽음이다.
죽음으로 피어나는 연꽃이다.

얼굴

봄이여, 그대
내 가까이 생생한 개나리를 피워 줘도
나는 몰라, 그대 얼굴, 꽃의 속삭임을.

여름이여, 그대
내 창을 뚫고 오는 따가운 햇빛에도
나는 몰라, 그대 얼굴, 바다 소리를.

가을이여, 그대
무수한 잎들이 내 창 가까이 날려도
나는 몰라, 그대 얼굴, 숲속 새들의 지저귐을.

겨울이여, 그대
눈 바람 소리 울려 나의 귀를 쳐도
나는 몰라, 그대 얼굴, 화롯가의 우정을.

늘상, 나는 14층 창가에 서서
사계절이 스쳐가는 것도 모르는 채,
이국異國의 세월은 흘러가고 마는 것을.

그러나 눈이여,
눈부신 눈이여,

14층 내 창 가까이 다가서는
그대 얼굴
나의 조국이여.

강물·2

무엇 때문인가

당신이 물어 오면
얼굴은
촉촉히 젖어 오는
꽃망울.

당신을
꽃 피고 꽃 지고

강은
꽃잎으로
문지른
흔적.

무엇 때문인가.

무한히 열려 가는
음악의 창에
끊이지 않는
나의 대답.

당신을 꽃 피고
꽃 지고

몸으로 흐느끼는
강물이여.

새소리

맨하탄 거리를 명동거리로 가슴에 담은 것부터 잘못이다.
애초, 그 무엇에도 그 누구에게 한 움큼
새소리 울어 댔던 것도 잘못이다.
하늘은 빌딩 높이만큼 가라앉았고
나는 그 하늘을 머리에 얹고 비틀댄다.
뜀질하는 세월
내 노래
하늘로 날으는
꽃가루

나는
종일 맨하탄 거리에서
새소리를 낸다.

고 향

내 고향이
파란 하늘에 숨어 있다.

내 고향이
꽃잎에 피어 있다.
내 고향이
살랑살랑 바람을 타고
수풀을 지나
산 너머
어디에고 있다.

봄에 핀 내 고향은
꽃잎 같은
향긋한 먼 노래
꿈을 실은
과일 바구니.

지난날 그 벤치

어느 날
덕수궁 벤치는
이십대 첫 직장인
편집실 창 너머
고달픈 눈을 쉬어 가는
사랑과 같았다.

밤마다
술독에 빠졌다 나온
내 잡지사 친구마냥
추위에 찌들린 가난한 할아버지는
겨울 내내 결근하는 일 없이

군밤을 구워낸다.
세월을 구워낸다.

펑 뚫린 고독 안으로
술독을 이고 온
친구를 이끌고
한 봉지 군밤과 함께 들어선
고궁

무수한 마음들이 쉬어 가던
그 자리엔
다사로운 흰 눈의 기다림만이
소복히 앉아 있었다.

오월의 꽃

내 아가
한 방울 눈물 대신
흠뻑 내 것으로 못해
가슴앓이 되고

내 아가
아플 때
대신
아프지 못해
밤 새워 죄를 사르고

내 아가
손짓
눈짓 하나에
꽃이 되고
새가 되고
바다가 되더니

내 조국 엄마의
가슴앓이 소식엔
이슬에 젖은 카네이션 향기
뼛속을 적시고

내 엄마 그리워
꽃밭 날려드는 옛애기 찾고파
서성거리면
그것은
뜨겁고 마르지 않는
눈물의 샘

넓고 넓은 땅덩이
한 귀퉁이에서
엄마로도
딸로도
죄스러운 몸과 마음

내 아가
내 엄마
그대들은 어둠 속에서
밝아 오는
등불이어라.

성탄의 밤

그윽히 눈이 쌓이지 않는
성탄의 밤
입술 깨물며 외로워하던
눈꽃 같은 시절.

눈꽃 같은 소녀
녹아 버릴까봐
따스운 안방
지키고 계시던 아버지.

눈꽃
내 마음
사르르 녹아내리고
그 창변에
날개 단 내 마음.

별
꽃
새이고 싶은
이제는 날개도 없는
성탄의 밤.

눈꽃 같은 시절
아버지가 그리워
소복히
눈이 와야지
성탄의 밤엔.

미세스 뉴만

여인의 핸드백 안은 비어 있었다.
외출을 할 수가 없다.
왼종일 가난이 싫어 슬픈 여인
꿈에 돈벼락을 맞았다.
꿈에도 울었다.

그러던
어느 날
코가 높은 남자를 만났다.
따뜻한 정情에 배고픔을 잊은 채
남자를 따라 모국을 등졌다.

그런데 여인의 핸드백은 여전히 비어 있었다.
가고픈 조국에 갈 수 없음을
흰구름에 세월을 눈물로 삭인다.

제4부
영원을 위한 詩

이유는 없다.
다시 시작하는 것이다.

나의 마음은
여기 더운 기도로 넘친다.
사랑하고 있거라.
사랑하며 있거라.

사랑의 원경遠景

한밤중의 사랑같이 해를 보내고 나면
잡힐 듯 숨결이 따시한 물 기슭 모란.
창 밖에 달빛이 무놀이 지고,
은물을 껴얹듯 시나브로 아스라한
동굴의 메아리.

얼마만치 오래 거기 숙제宿題와
이 조그마한 가슴으로
이 헐헐한 호젓함으로

밋밋스런 괴롬과를 저울질하다 보면
누가 그토록 소롯이
가슴에 품고 구울리는 것인지
석류알은 혼자서 씽긋 웃고 익어 가기.

사철 향나무 등걸에 살아 뿌리하고
지루한 여름해를 드새고도
마냥 어디론가 지친 빛도 없이
가을을 이사가 버린 눈먼 벌레들의
울밋한 목소리가
배로 울고 있게 하는
나와 달은 십오야十五夜.

잠이 안 오는 밤에 릴케
또다시 어디선가 검은 하늘을 토할 듯 머금고
꽃봉오리 터지는 소리라도 있어
놀라워 붕깃한 가슴을 여밀 양이면
노인이 봄에 꽃씨를 뿌리듯
가을은 차르르한 목소리로 시리다.

길들이면 강아지
소꿉질로 배부른 아씨들의 하루가
등피燈皮 닦듯 호호 불면
어이 사랑홉지 않을래.

두레박에 그득그득 물 긷듯
하냥, 나와 너의 사랑을 눈물하면,
다시 초혼招魂의 먼 밤 물결소리.

입 밖에 하면 부끄리는 사연을 감최아
사랑을 말하는 문을 다가서면
남 모올레 숨겨져 내린 빗줄기 같은
한밤을 쉬지 않는 귀뚜라미와
불 밝은 독서의 도타운 시간.

잠이 안 오는 밤의 릴케
아무의 손으로도 풀이 되지 않은 채
가랑가랑한 어느 원경遠景의 수수께끼를
분꽃 뿌리 가꾸듯 손질하고 있을 양이면
누가 더웁도록 바라보아 주는 것인지
석류알은 혼자서 씽긋 토라져 웃음하기.

낮달이 걸려 있는 풍경

어느 조용한 기다림으로 벅차 오른
눈을 부벼 이렇듯 따스히 익애溺愛의
입술을 대는 듯.

신라 백사白沙처럼 얼얼한 하늘 아래
송화松花는 슬프기만 한데서.

괴로움의 꼭두알을 부비다 간
바람의 흔적과
미친 듯 가슴 둘레에 서린
항아姮娥의 뜻.

승리의 이웃인가
해후邂逅처럼 가만한 낮달이 흐르고
흐르는 그 곁에서 강물로 피어 솟는
학鶴
살포시 한 눈으로
세상을 웃는다.

버리고 간 튜울립의 날과
그 위에 더·무성한 설움의 바다.

회한으로 찢기운 동백의 과원에서
시방 눈물에랑도 젖어
한낱 휴지처럼 헤프게 죽어간
소녀의 이야기를 몰래 안으면
낮달이 송화松花를 적셔 흐르는데
사뭇 마음은
어지러운 갈구渴求의 도시.

춘 설^{春雪}

어느 날
명동 거리에서
문득
발 아래 구르는 노우란
귤에 놀란 적이 있다.

내 눈 안으로
굳은 표정의 경찰과
슬프도록 젖어 있는
눈매의 여인들이 앞으로 다가왔다.

그것은
도로교통법 때문에
쫓기는 여인들이었다.
귤 파는.

나는 이 사건이
오래 오래 잊혀지지 않아
또
어느 날
귤 파는 여인들이 있는
명동거리에 나갔다.

그날은
마지막 춘설이
귤 파는 여인들의 퇴색한 머플러와
내 뺨에 닿아 사르르 녹아들었다.

울리게 하라

울리게 하라
종소리.

폭포처럼 새하얀 햇살이
눈부신 도시

창마다에
옥수수 알처럼 반지랍고 윤이 나는
환성을 깨뜨리면서
당신과 내 안으로
풍성한 강물 같은 언어를 밀어넣자.

꽃잎 묻은 목소리
수림樹林으로 적셔 가는
까만 포도알이라도 깨문 입술로
당신을 부르자.

종이여 !
당신 곁에
무궁으로 터지는 음악이여 !

당신 앞에 엎드려 터뜨리고 싶은

울음일랑
당신에게 기대이고 싶은
고달픈 가슴일랑
울리게 하라.
종소리 ……

타는 물결

타는 물결

바다는
아가 때부터
고스란히 설움을 타고난
여인의 등허리.

기원하여 엎드린
꽃잎 웃던
달은
영원에
묻히었을 제.

무궁으로 열리는
눈은
구름을 머금어.

여인은
영원하여 물살 짓는
가슴 항아리
……

세월은 소리없이 취한다.
세월이 취한다.

타는 물결
바다.

四月은 너와

사월은
복사꽃 피듯
복사꽃 피듯
진홍의 회상과
산산散散한 그리움으로 피어날
흰 손수건 흔들림.

시린 밤에 나부끼는
설움덩어리
그대 가슴엔
노을과 석류알 터지는
소리 소리…….

눈에는 삼삼한 불꽃이 일고,
가슴 덥게 나란히
아카시아 곁에
글썽한 눈물의 언어를 모아…….

　‘사랑할래, 사랑할래 마구 사랑할래.’

사월은
복사꽃 피듯

복사꽃 피듯
마음은 다시
먼 ──
흰구름.

몰래 우습다

몰래 우습다.

여인은
눈매가 아프도록
우니다가
우습다.

목이 기린처럼
흐늘거리며
울컥 우니다가
우습다.

크게 톨앉아
전쟁이 강하江河처럼 뒤끓는
표정을 지켜보는 눈.

계곡에는
숨어 있는 흐느낌과
우수憂愁.
그리고 고요함과 절망이
이웃한다.

아픔이
메아리로 귀환歸還하는
너무 벅찬
기도와 같은 시간.

당황한다.
지그시 깨문 입술 새로
피어서 질 수 없는
꽃이,
빨간 꽃이 핀다.

…… 위엔
호곡號哭처럼 덮이우는 어둔 그늘.
숨을 쉰다.
토라짐이 있다.

청색^{靑色}을 위한 에스키스

가슴을 에인다.
태양처럼 사랑하고 싶었다.
무無 무無 무無

사랑하라 사랑하라 사랑하라.

고독이란
가장 내 안…….

걸음마처럼 배워 가는 사랑에
눈물로 피는
봄은 오리라.

살아간다는 것은
모든 것을 하나씩 잃어버린다는

빛 잃은
나의 계절은
나누이는 손짓으로 오는

슬픈 눈에
취한다.

먼 — 디서.

한때
그것은 나의 시어^{詩語}였지만
이제는 나도
흰구름.

사랑이란 아픔
스스로 져 버리는
꽃피는 꿈과
웃음이 멎던 어제.

가슴에는 슬픈 사연이 소용돌이치고
거리를 부산히
너는 돌아가고 있을 것이다.

영원을 위한 詩

…… 무엇을 미워할까요.
솔나무 흐늘흐늘 바람을 일 때
소녀는 노을진 가슴 안으로 물어 온다.

…… 맑은 눈망울요.
진실을 담으려는 그 갈빛 눈망울요.
소년의 목소리 귀뚜라미로
귀 가까이 젖어든다.

…… 나뻐요, 나뻐요.
소녀가 울듯한 가슴으로 꽃 피우면
…… 무엇을 ?
소년은 밤 가로수가 되어
말을 잃는다.

친구여
아는가
꽃의 빛깔을
가로수의 의미를
오랜 옛서부터 서로의
기다림 기다림,
속울음 같은 목마름.

별빛 부서지는 소리,
별빛 부서지는 소리,

다시
꽃잎 같은 가슴으로,
영원으로 서는 나무로,
오가는 계절과 흰구름이
모여 사는
평화로운 세계로,
피어서 질 수 없는
꽃이
꽃이 피게 하라.

가을의 詩

1. 여 정旅情

가을은 코스모스의 여정旅情
진정, 봉숭아 꽃물보다도
희한하게 트인 역驛.

가슴의 수필을 뿌리며
레일은 울부짖고
지는 소리.
다정한 가을의 눈동자.
그리고 당신의 관대寬大한 손.
이것들이야말로 여기 돌아온
아이들이 노상
가슴에 품고 자라온 이웃들이 아니던가.
내가 갈 길을 사랑하리.
이정표里程標 없는 인생의 귀로에서
바다 소리를 듣고, 거리의 수필을 읽고,
지나가는 가을의 언어들을 가슴에 하며,
낙엽의 길
낙엽의 길

다시 너의 가슴으로

고달픈 꿈을 묻고
글썽이던 눈물의 뜻을 묻고
울부짖듯 나의 고향 불빛이 빛난다.

달려가는 눈이며 사랑.
바람이 시월에 익어 가는 풍경을
간질인다.

어느 여름날의 꿈에 베인 포장包藏 같은
손을 기억하면 ……
돌아서는 길목에 낙엽의 시간이
정답다.

이승尼僧의 정한 밤에 물을 길으면
신라의 영화를 물들이던 달빛
석상石像마냥 우뚝 서면 말을 잃는다.

단풍의 길이 열린다.
어느 태고太古의 숲이라서
산에는 머루 바람 다래 향기,
조약돌 사이 엉근 가을 햇빛이
떨어지고

먼 고향의 불빛이
밤 물결보다 차다.

2. 낙엽의 언어言語

자꾸 떨어진다. 그 사이
말을 잃은 내가 섰다.
어느 괴로운 신음 소리라도 지니듯
푸득푸득 쌓이는 서정

세월이 눈짓을 한다.
세월이 취한다.

아름다운 죽음이란 낙엽을 쓸어 놓고
그 위에 곱게 불타 버린 흔적 같은 것일까.

낙엽은 결코 죽지 않는다.
그 목소리가
외로움만의 탓이 아니라면 ……

창공을 향하여

종소리
합창合唱
거리마다
꽃으로 피운
새 아침
무엇인가
목마르게 기다리는
이웃에
꽃씨와 열매가 창을 열고

얼마큼은 오붓한 우리들 나라
얼마큼은 환희에 찬 우리들 이웃.

지금은
어느 지점에서나
손을 흔드는
훌륭한 시작과
맑은 노래.

종소리
합창.

창^窓

오전
창
풋과일
나는 싱그러운 미소
또
창은
무엇을 꽃피우나.

어쩌면
조용한 오후에의 음악이다가
하이얀 가슴둘레의 꽃이다가
그러면
아
창엔
비 빗방울

물보라 인다.
내가 가지 못해서
저만치서
부서지는
녹색의 고향

비가 오면
보이게 하는 것이 있다.
먼 길과 먼 들녘을
거기서
비에 젖은 한 그루의 나무를
한 소녀를.

네가
돌아서 간 하오(下午)에
밀려드는
바다.
넘쳐서 일렁이는 물살.
소리없이 뒤척이는 비인 소라껍질.

몸의 울림

몸의 울림을
꽃의 울림을
바람의 울림을
나에게 와서
그렇게 폭풍처럼
몰고 가버리면

흔적은
아픔으로 와서
흔들리고
또 흔들려서
남는 것
아픔, 그……

그대 앞에 서면
이른 새벽
이슬에 젖은
풀잎
그대 눈짓에
녹아 버리는
작은 몸짓

한 번
불태워 사르는
열정을 지니고
나
그대 앞에
서서
몸을 떤다.

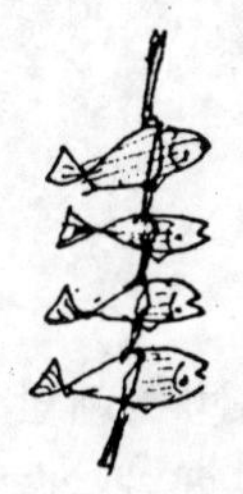

해 변 ^{海邊}

사랑이
당신을 날개 큰 해오라기로
꿈을 날개 큰 해오라기로
나는 해돋이 조기.

사랑이
당신을 고독의 리듬으로
꿈을 고독의 리듬으로
나는 큰 구슬 우렁이.

사랑이
당신을 은총의 그 빛 나선^{裸線} 계단 위로
꿈을 은총의 그 빛 나선 계단 위로
나는 소라.

어떻게 되는 것인가

사랑이
밀물로 썰물로
나를 당신을
다시
또다시

장미에서 탄생하는 불의 썰물이게 한다.
허무에서 탄생하는 불의 밀물이게 한다.

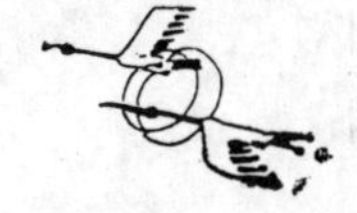

가을의 합창

1. 10월의 오후

아침입니다. 밝은 양지에서 ……
창을 엽시다요.

우리들의 훌륭한 시작처럼
우리들의 맑은 노력처럼.

지금은 아침 음악이 들려 옵니다.
……

언제까지나
변함없는 목소리로
부르는 노래와 목숨들 위에
나는 작은 연가戀歌를 띄워 보낼 것입니다.

당신의 까망 넥타이와
그 장난스런 눈동자 안에서
내가 주워 버린 능금알 하나쯤은
길이 열려 갈 것입니다.
다함 없는 석양
초혼招魂의 물이랑이여

창을 엽시다요.
10월의 밝은 창을……
가만히, 가만히, 더 좀 가만히…….

2. 끼리끼리의 눈짓

이유는 없다.
다시 시작하는 것이다.
……
나의 마음은
여기 더운 기도로 넘친다.
사랑하고 있거라.
사랑하며 있거라.

우리들은 별의 태생.
착한 천사일 수 있는 거.

날이 저물면
우리들 한날의 사랑도
여기
산의 의젓함으로
바다의 뛰노는 숨결처럼

흘러 그치지 않으리……

아직은 빛나 있을 너의
모국어母國語.
진정코
흰눈의 더운 기다림이여.

강물·1

1

서글픔은 잔잔한 강물입니다.
조약돌을 던진 그 파문으로 번진 아련한 아픔입니다.
언제부터 저의 피 안으로 흘러들어 온
강물인지 알 수 없지만……
수천 년 수억 년을 두고 그렇게 잔잔히 흐르는 강물.

2

피를 흘리는 하늘 앞에
문득 여로旅路에 오르고 싶음이여.
내일
아침이면
하늘도, 산도…… 모두 푸른,
저도 푸르름이고 싶습니다.
그대가 어루만지면 푸른 물이 되어
흘려버릴 것을,
그리하여 저의 형상은 없어지고
푸른 강물로 영원을 향해 흘러가고 말 것을.

어느 날

1
고사^{考査}날이었다.
하얀 커튼 틈새로는 금^金의 햇살이 들고
소녀의 손들은 무수히 흔들리는 가지
가지마다 꽃이 피고 있었다.
피는 꽃이 지고,
지는 꽃이 과일이 되는
그 과일.

뾰루뚱 소녀들은 앵두가 되고
삐쭉이 소녀들은 복숭아가 되고
불그레 소녀들은 사과가 되고.

나는 영글어 가는 과일들에 눈을 주며
금^金의 햇살로 레이스를 짜고 있었다.

고사날이었다.
풍성한 과일들은 한아름.
교실은 어느새 큼직한 광주리.
가득히 담긴 과일들.
광주리를 이고
나의 눈길은 가끔씩

창 밖
수풀로 가서 쉬었다.

  2
나다.
녹음이다.
연주演奏다.
소나무
잣나무
상수리나무
일어서는 나무들이다.
오르는,
빛나는 연주다.
연주하는 녹음.
하늘에 묻는 음악이다.
나다.

음 악

잎사귀가
지네요.
'그럴 수
가……'

어디로
갔을까요.
그 여름의
강물.

한없이 설레이던
기슭 그리고 그
사랑으로 한없이
굽이치던 내 어깨.

거기
물들어서
번뜩인
무수한 색채.

'그럴 수는
없는데'

어디로
갔을까요.

당신의 눈언저리
지는 노을인가요.
나는 그곳에
꺼져 가고 있나요.

아,
시방
음악의 종곡終曲처럼
나뭇잎이
무성히 쌓이네요.

그럴 수는
없는데
참 그런 수는
없느데,

오오 참
그럴 수는 없는데
당신의 목소리는 내 어깨에서

그치지 않네요.

그친 음악이
실은
하늘의 푸름 속에 묻혀서
무궁無窮
그치는 일이 없듯이.

시방
'그럴 수는
그럴 수는 없을 것이라고'
내 안에 넘쳐서
출렁이는 당신.

아직은
그럴 수는
그럴 수는 없을 것이라고
결코.

'그럴 수는 없을 것이라고'
나를
무수한 색채로
물들이는 당신.

아 가^{雅歌}

〈Ⅰ〉

가난한 이웃에
꽃을 심고 가는
손.

당신.

손으로 모아
기도하는 밋밋한 사랑.

향나무
그늘마다에
울울히 배어나는
음향^{音響}.

음향은
깊은 바다와 같은
당신의 이마.

돌아와 안겨라
돌아와 안겨라.

꽃과 음향은
당신과 나의
내실內室.

거기서는 바로
금과 은이 설레는 바다로 이어지네.

<Ⅱ>
살기 좋은 땅에
꽃은 피어난다.

살기 좋은 숲에
고운 엽맥葉脈은 자라난다.

살기 좋은 하늘에
새는 푸른 노래 솟아오른다.

그리고
당신과 나는
어디서 새가 될까,
엽맥葉脈이 될까.
꽃이 될까.

〈Ⅲ〉
종달새
날개
피는 꽃
아침 음악

당신
가슴에 합장을

종달새
부리
종소리
한낮의 음악

당신
가슴에 분수^{噴水}를.
종달새
심장
타는 노을.

그리고 밤의 음악.

당신
가슴에 황금과 능금을.

〈Ⅳ〉

당신
강물.

눈을 열면
물살과 햇살이
싱싱하다.

생선처럼
반지랍고 윤이 나는
당신.

당신은 번뜩이다가
뜨겁고
사랑스런 물보라가 된다.

기도는
강물로 언제고
돌아와 웃는 꽃.

나는
당신 앞에서
괴로워하는 나목이다.

기슭에 뿌리박고
강물에 감겨
괴로워하는 나목이다.

꽃 살

그 시간
나는 덕수궁 뒷담에
붙어서
떨고 있었다.

나는
처음으로
아름답기만 하던
꽃줄기에서
꽃불이 하늘로 하늘로
솟아오름을 보았다.

덕수궁 대문은
영혼조차 뚫을 수 없고
돌담은 보이지 않는
검은 창살
그 창살에 찢기는
나는 꽃살이었다.

찢긴 꽃살
어린 심장에 꽂혀
불꽃은 일고

세상은 춤을 춘다.

땅의 외침은
하늘을 파도이게 하고
바람은 흰 깃발을
울리며,
자유로운, 무수한
꽃살

어느새
하늘로 솟은 돌담은
무너지고,
검은 창살은
노래하는 새가 되어
날은다.

다시
또다시
푸르고, 고요하게
아침 해가 솟아오름을
보았다.

꽃을 꽂아 두고

얼마 동안을 움직이지 않는다.
꽃의 향기는 어둠컨에 흔들리는
어느 조용한 그늘.

화려한 빛깔의 우수憂愁
그것은 아쉬운 목숨들을 키워 간다.

창문을 화알짝 열면
어디선가 바쁜 일지를 쓰는
꽃과 손들.
괴로운 한숨을 실처럼 풀리워 가도,
산 그늘마냥 드리운 나의 눈물을 두고,
애타 사랑해 버리고픈 마음을 앗기운다.

바람결에도 계절은 잔잔히 파도치고
찬란한 꿈을 모두면
지평에서 말려가는 천 마리 비둘기의 떼,
부끄러운,
가까이서 지켜보는 어느 눈망울 탓.

지난날 해후邂逅에서 기억에 남은 눈빛
아직도 나무들은 속깊은 생각들에

잠기운다.

얼마 동안은 움직이지 않는다.
꽃은 피곤하여 말을 잃고
돌아가는 길목에 키 큰 그림자.

호반(湖畔)에서
—— 나도 시몬이라 부른다

조용한 들창가에 햇살이 비끼누나.
시몬—— 영원한 기슭을 향해 몰려오며
또 몰려가는 물살처럼
내가 사랑하는 사람.

어느 호반에서의 학(鶴)의 울음과
세월의 운행이 쉬지 않는다.
나도 또한 추억과 같이
나의 사랑도 흘러 그치지 않으리.

4월의 낮달처럼 흐르는 너의 곁에서
홀로 생각을 모두는 나.
(어느 날의 튤—립)
일찍이 꽃 심던 사람들이 뿌리고 간
아직은 다수운 체온의 자리에서
시몬, 오늘도 네가 오리라던가.

너는 그때도 그날도 변함없이
푸르고 맑은 바다 위에 떠 있는 달.

여기 또 저기 흩어지는 너의 모습은
튀기는 물보라처럼 내 몸에

훈훈하구나.

．．．
다프네의 파란 꿈을 실었느냐
짐짓 뜨거운 몸짓으로 일어서는 호수여
먼 물결 위, 저 지평을 향해
아조 나와 함께 떠나가지 않으련.

슬픔과 괴롬과의 가운데서 불행에 젖은
눈,
피곤한 육신에 잠오는 밤의
시간을 찾을 때, 노래와 시로 달래이는
너——, 가슴 타는 장미의 입맞춤.

어느 영원이여, 텅 빈 적막이여
그리운 것들이 쉬어 가던 자리
그리고, 먼——훗날
눈물 없인 회상할 수 없는
구원久遠의 잔디여——.

말하라 그대여
노상 이렇늣 신비롭고 무거운
호반에서 살던 이는 없다고——.

그 푸른 눈의 워즈워드도.

노을에 바라 울음에 쟁긴 눈빛,
하늘거리며 스쳐 가는 가비얀 미풍에
흩는,
저 물살들의 가슴에 나리는 속삭임.
시몬, 운명처럼
여기 나와 함께 방황하지 않으련?

WEDDING MARCH

흐뭇한 꿈이 서리네
조용한 마음속
물결은 금빛 나네——

살푸시 내딛는 발길이
행복의 구슬을 굴리네
은방울을 굴리네.
오늘은 네 가까이서 다수운
신부.

하이얀 너울 속에
곱게 웃음이 번지네——
사랑의 봉우리가 이제 피어
나는
처음 시간.

꿈들이 맴돌아
나풀거리 강을 이루네
그 안에서 엔만큼 황홀스런 탓이여 !

교 실

'구개음화口蓋音化란 ……'
창으로만 달리는 마음을 줄지어 앉은
눈들에 매어 두는 오후.

국어시간
고요히 졸음 오는 바다에 파도가
인다.

'숙이! 일어나요?'
순간 줄지은 눈들은 갈매기가 된다.
무수히 날아가는 갈매기

'굳이가 구지로 ……'
구개음화는 창으로 가서
창을 뚫고
수풀로 가서 녹음이 된다.

무 덤

천만년이나 살고 싶었다.
파도처럼 들끓던 마음들이
떨어진다.
별빛이 서린 덧문을 내리리라.

허나 모—든 것의 끝장은 언제고
예기하지 않은 시간 속에
강물같이 흐르는 무놀이에서
사랑 탓으로 괴로웠던 목숨의 꿈
장미는 5월의 들길에 피었거라.
무지개의 영롱 위에 종도 울렸다.
들녘의 외로운 도표^{道標} 하나이——
꿈들이 밀려가고 밀려오는
그 뒤
아무도 죽음의 일을
생각하지 않게 되었다.

순례자의 맑은 영혼과 시정신

許炯萬

순례자의 맑은 영혼과 시정신
― 金松姬의 시세계

許炯萬(시인·목포대 인문대학장)

1.

金松姬(1941~　).

전남 목포 출생. 목포 북교초등학교, 목포여중·고를 졸업하고 이화여대 국문과에 입학했으나 1학년을 마친 뒤 시인으로서의 길을 걷기 위해 서라벌예대 문창과로 옮겨 미당 서정주의 제자가 됨. 서라벌예대를 마친 후 다시 숙명여대 국문과에 편입, 졸업한 뒤 여성 교양지 기자로 활동중 1963년 《현대문학》에 미당 서정주의 추천으로 등단함. 추천작은 〈가을의 합창〉 등 3편. 1967년까지 중앙여중고 교사로 근무하다가 결혼, 뉴욕으로 도미한 후 뉴욕 한국일보 편집국 국차장, 뉴욕 롱아일랜드 한미 한국학교 교장, 미동부 한인문인협회 부회장 등 창작과 2세 교육자로서의 조국애의 선양에 심혈을 기울임. 시집으로는 《사랑의 원경》(1963), 《얼굴》(1971), 《얼굴 먼 얼굴》(1981), 《겨울 창가에 그리움의 잎새 하나》(1991) 등이 있으며 3권의 수필집도 갖고 있음.

이상이 김송희 시인의 간략한 삶의 이력이다.

내가 맨 처음 김송희 시인의 이름을 대하기는 목포시청에서 발간한 《木浦市史》의 편찬위원으로서 《木浦文學史》

를 집필할 때였다.

김송희 시인은 1956년 목포여고 진학 후 문학 동인 '송
사리'에서 활동한 사실이 밝혀졌는데, 당시 목포의 학생
동인회는 '송사리' 외에도 '해솔', '벌판', '밀꽃', '여
울', '보리수', '바위', '호박' 등이 있었고 이들은 후에
《청도문학》을 조직하여 함께 활동했었다.

1994년 5월 중순, 김송희 시인은 30년 만에 고향 목포를
찾았다. 그러기 위해서였을까. 월간《조선문학》은 1993년
12월호와 1994년 1월호에 김송희 시인의 근작시편들을 집
중 조명하였고, 그 후 同誌에 〈이달의 시인론〉으로 '金松
姬의 시세계'가 나의 범필에 의해 다루어진 바 있다.

2.

미당 서정주는 일찍이 金松姬 시인에 대해 다음과 같이
말했다.

'송희(松姬)는 그 10대말의 소녀 때부터도 다감(多感)한
사람이면서 또 선녀기풍(仙女氣風)을 겸하고 있어서 그걸로
나를 시원스레 위로하더니 그게 그 다년간의 외국생활에서
도 하나도 변하지 않은 게 무엇보다 반갑다. 조국의 강산과
동포에 대한 사랑이 한결 더 면면(綿綿)하고 간결해지기만
한 것이 눈물겨웁다.'

소설가 이관용은 뉴욕에서 만난 金松姬 시인에 대해, 뉴
욕에서의 삶을 이렇게 증언했다.

'때로는 황량하고 정서가 메말라 차가워진 사람들에게 김
송희 님은 지등(紙燈)을 밝히고 있었다. 뉴욕 한국일보에 근

무하면서 뉴욕문인협회도 결성하는 역할에 앞장섰고, 신인
을 발굴해 창작의욕을 높였으며, 청소년 문학의 밤을 주관
하는가 하면 흩어져 살고 있는 문인들과의 모임을 만들어
자칫 전업하기 쉬운 창작의욕을 되살려내 자극제 역할을 하
고 있음을 알았다. …… 김송희 님의 혈관에는 그냥 시인의
혼이 흐르고 있었다. 지식의 무게나 입에 시를 달고 다니지
않았다.'

시인 황동규는 좀더 구체적으로, 제4 시집《겨울 窓가에
그리움의 잎새 하나》(1991)에 대한 시세계를 다음과 같이
평했다.

'외국에 살면서 우리나라 문학을 하는 대부분의 사람들과
는 달리 김송희의 시에는, 아니 그녀의 글에는 한(恨)이 별
로 실려져 있지 않다. 타향살이 몇 해든가 손꼽아 헤어 보는
아픔과 인내의 애절한 목소리가 없는 것이다. …… 오히려
외국생활의 아름다운 장면을 조국의 풍물로 비유하던가 조
국 풍경에 가까운 것으로 표현한다. …… 여하튼 김송희의
시는 향수의 시가 아닌 것이다. 그렇다면 김송희의 특징은
어디서 찾아야 할 것인가? 사랑노래에서 흔히 보듯이 사는
기쁨이라고 말하고 싶다. 그 사는 기쁨의 정신은 외국에 살
면서 흔히 빠지기 쉬운 한(恨)을 극복한 데서 나온 것으로
생각된다.'

이상으로 우리는 그것이 비록 단견일지라도 미당 서정
주와 소설가 이관용과 황동규 교수의 글을 통해서 시인 金
松姬의 인간과 문학, 그리고 삶을 알아볼 수 있었다.
金松姬 시인은 〈나의 詩 나의 詩論〉에서 "시는 사랑 없

이는 있을 수 없다고 생각한다. 절망할 때가 아니라 인생을 사랑할 때 시가 있다고 믿고 있는 것이다"라고 밝힌 바 있다.

특히 1967년 뉴욕으로의 이주 이후 3권의 시집을 발간하면서 자신이 갖게 된 시정신에 대해 "그리움과 절망이 하나의 시정으로 정화되는 것"으로 밝히고 "삶을 노래한 시에 진정한 나의 모습이 있다고 확신"하고 있다.

이처럼 서정주 시인과 소설가 이관용이 지켜본 金松姬 시인, 그리고 황동규 시인과 金松姬 시인 자신이 밝힌 문학세계를 이번에 제5시집에서 총체적으로 들여다볼 수 있다는 점에서 이번의 시집 발간이 상당한 의미를 부여받고 있는 것으로 보여진다. 왜냐하면 이번 제5시집의 구성이 1960년대부터 1990년대에 이르기까지 총 4부로 구성되어 연대기적 성격을 띠고 있음에서이다.

그러나 우리가 이 시집을 통해 한 가지 확연히 구별할 수 있는 것은 1960년대의 시세계와 1970년대 이후의 시세계의 차이이다. 즉 1960년대, 그러니까 뉴욕으로 떠나기 전에는 '풍성한 강물 같은 언어'(〈울리게 하라〉)로 '영원'(〈타는 물결〉)을 노래하고 '흰구름'(〈四月은 너와〉, 〈청색을 위한 에스키스〉)과 '코스모스', '낙엽'(〈가을의 시〉)을 노래하는가 하면 '릴케'(〈사랑의 원경〉)에 탐닉한 서정성의 본질을 드러낸 반면, 조국을 떠난 1970년대 이후엔 나그네 의식과 향수, 파랑새의 꿈과 자유의지가 주된 시적 정서를 보여주고 있음을 본다.

3.

먼저 1970년대 金松姬 시인의 시세계는 조국을 떠난 이방인으로서의 심상을 숨기지 않고 있음에서 드러나 있다.

뉴욕 / 서울 / 구름 타고 바람 타고 / 오가면서(〈귀향〉)

맨하탄 거리를 / 명동 거리로 가슴에 담고 / 나는 / 종일 맨하탄 거리에서 / 새소리를 낸다(〈새소리〉)

출렁이는 조국의 바다와 / 고향 항구의 뱃고동 소리(〈나에게 와라〉)

그대 얼굴 나의 조국이여(〈얼굴〉)

고향을 잃은 사람의 / 그 춥고 외로운 방황의 눈 속에(〈바다〉).

얼음산은 녹아서 고향으로 흐르는 / 넓고 넓은 바다가 되었어요(〈꿈열매〉)

내 조국 엄마의 / 가슴앓이 소식(〈오월의 꽃〉)

내 고향 하늘만큼이나 / 그립고 맑구나(〈그림〉)

고향의 유달산이 / 거대한 해일로 나를 덮친다(〈먼 바다〉)

위의 1970년대 작품에서 볼 수 있듯 조국을 떠난 직후의 시인의 감정은 넓게는 조국에 대한, 그리고 좁게는 고향 목포의 집안사에 이르기까지 소박한 그리움이었다.

그러다가 1980년대와 1990년대에 들어서면 이전의 소박하고 단순한 그리움과 향수는 좀더 구체적으로 깊어지면서 동시에 이미지의 확장이 드러난다. 예컨대 '미아리, 종로, 서울'(〈춘설〉), '서울의 광화문 네거리'(〈먼 얼굴〉)에서 '여고시절의 빈 교실, 방과후 텅 빈 운동장, 고궁의 돌층계'(〈그리움의 땅에〉)의 세부적인 미시적 관심사로부터

‘갈라진 조국만큼이나 / 슬픈 우리의 세월’(〈뉴욕·여름사
냥〉), ‘우리 어린이들에겐 남북의 비극이 없다’(〈푸른 오
월의 노래〉)에 이르기까지 의미 확장이 이루어지고 있음이
그 예이다.

　특히 1980년대와 1990년대의 경우 金松姬 시인에게 있
어서의 ‘나그네’ 의식은 조국을 향한 ‘새 → 날개 → 자유’
의 의지로 대표되는 이미지가 주류를 이루고 있다.

　　①
　　날고 싶다.
　　때때로 사람들이
　　새를 부러워하는 이유를 알 수 있을 것 같다.
　　나는 철새이고 싶다.
　　철따라 여행을 준비하는 철새
　　그들의 작은 심장에도 설레임은 살아 있을까?
　　　　　　　　　　　　　　　　　　　　—〈침몰하는 해〉 일부

　　②
　　오늘
　　창공을 날으는 새여
　　자유는
　　퍼덕이는 날개에 있다.
　　　　　　　　　　　　　　　　　　　　　　　—〈멍에〉 일부

　　③
　　나는 보았네.
　　내 마음에 보드라운 큰 날개가 퍼덕이며
　　푸른 하늘을 향해 날고 있음을.

그뿐인가.
모국에 있는 정다운 사람들의 마음에도
날개를 달고 이 땅에 날아와

— 〈그리움의 땅에〉 일부

　이상의 예시들은 시인 자신의 이국생활에서의 '나그네' 심상이 어떻게 의탁되어 드러나는가를 보여주는 대표적인 경우이다. 예시 3편 공히 1990년대에 쓰여진 작품으로 1970년대보다는 훨씬 익어진 그리움의 표상인 셈이다. 이처럼 날개를 갖고 자유 — 삶의 자유이든 조국으로 나가고 싶은 자유이든 — 하고자 하는 시인의 심정은 '새'를 통해서 구체화되는데 그 새는 실제 '파랑새'로 명명되고 있다. 그 예를 보자.

①
창은
폭포수처럼 부서지며
한 마리의 작은 파랑새가
하늘로 솟아 오른다.
파랑새는 은빛 날개를 펴고
내 영혼으로 날아든다.

— 〈봄 아지랑이 타고 온 그대여〉 일부

②
파랑새를 가지세요.
파랑새를요?
그래요. 파랑새를 그대에게 줄려고 해요.
받으세요. 두려워 말아요.

— 〈침몰하는 해〉 일부

③
잃었던 세월을 되돌려 받기 위해 서로서로
손을 잡고
우리는 산너머 손짓하는
파랑새를 그린다.

— 〈나의 노래〉 일부

이와 같이 金松姬 시인의 '새'→'파랑새'의 구체적 명명
과 전이는 한사코 실재하는 파랑새 목(目)에 파랑새 과
(科)의 그 새가 아니다. 다시 말해서 5월경에 도래하여 둥
우리를 차지하기 위해서 격렬하게 서로 싸우는, 침엽수나
낙엽활엽수 또는 노거수의 줄기에 있는 썩은 구멍이나 딱
따구리의 옛둥우리를 이용해서 번식하는, 케잇 케잇 또는
케케켓, 케에케켓 하고 소리를 내는 실재의 새가 아니다.
여기에서의 파랑새는 상징적인, 다분히 상상의 힘을 가진
천상의 이미지이거나 상승의 이미지로서의 파랑새의 성격
을 띠고 있다.

이처럼 다분히 상징적이고 이미지화된 새로서의 파랑새
의 의미를 확인할 수 있는 것은 金松姬 시인의 세번째 수
필집 《나는 시도 때도 없이 외로울 땐 배가 고프다》(1994,
도서출판 유정)의 맨 첫번째의 수필 〈행복의 파랑새〉에서
극명하게 드러난다.

'파랑새가 행복의 날개를 퍼덕이며 내 마음의 세계로 날
아드는 것 같았어요. 행복의 파랑새는 산 너머 강 건너 있는
것이 아니라, 내가 있는 곳곳에 아름다운 노래로 나를 기쁘
게 해주고 있다는 사실을 깨닫게 되었어요. 이제는 다 살았
다고 생각하는 이 나이에……'

　그렇다. 金松姫 시인의 조국 하늘을 날고 싶어하는 새의
이미지는 파랑새의 꿈으로 승화됨으로써 시적 성취도를
더 높여 주고 있음을 확인할 수 있다.

　4.
　사실 金松姫 시인의 미국에서의 생활이 ‘오랜 세월을 하
루같이 / 나그네의 마음으로’(⟨나그네의 노래⟩) 살지라도
그리고 때로는 ‘나그네의 외로움에 홀로 서럽다’(⟨가을 사
랑⟩)고 생각되거나 ‘이따금 외로울 때 / 재봉틀 앞에 앉아
/ 조국을 박아’(⟨먼 얼굴⟩) 볼지라도 강렬한 한(恨)의 의
식이나 절망감 따위는 드러나 보이지 않는다.

　　　뉴욕의 가을
　　　서둘러 가슴을 열고
　　　붉게 타는 단풍을 먹는다.
　　　설레이는 기다림으로 지새는 기인 긴 밤
　　　새벽 이슬에 작은 잎새들의 몸짓
　　　나그네의 외로움이 홀로 서럽다.

　　　일년 내내 이 가을을 빛내기 위해
　　　붉게 타는 단풍의 속삭임처럼
　　　청초한 코스모스의 은은한 기다림처럼
　　　마음 한 구석을 비워 둔 채
　　　사랑하는 그대를 맞이하듯
　　　촛불 같은 설레임으로 산다.

　⟨가을의 사랑⟩ 중 처음 1～2연이다. 이 시에서 우리가
주목할 대목은 각 연의 마지막 행, 즉 ‘나그네의 외로움이

홀로 서럽다'와 '촛불 같은 설레임으로 산다'이다.

  언뜻 '나그네', '외로움', '서럽다', '촛불', '설레임' 등의 시구로 보아 고국(또는 고향)을 떠난 지극한 향수와 고독 그리고 한(恨)이 서려 보이는 듯하다. 더욱이 2연의 마지막 행 '촛불 같은 설레임으로 산다'는 직접 표출이 1연 3행 '설레이는 기다림으로 지새는 기인 긴 밤'의 강조적 반복 이미지를 품고 있음에서 더 그렇다.

  그러나 金松姬 시인의 믿음, 다시 말해서 "나는 문학이 절망에서 사람을 구해 주는 신앙과 같은 것"이라고 믿음은 다음과 같은 이 시의 6연에서 절정을 이룬다.

    나는 뉴욕의 가을 속에서
    간절한 기다림을 위해
    찬란히 빛나는 단풍잎으로
    불꺼진 그대 가슴에 등불을 밝힌다.

  '뉴욕'이 품고 있는 이국땅에서의 '가을'은 시인에게 있어서 퍽이나 가슴아픈 계절일 것이다. 그러나 '찬란히 빛나는 단풍잎으로 / 불꺼진 그대 가슴에 등불을' 밝힘에서 우리는 시인의 절망감이나 감상성을 찾을 수 없다. 그만큼 정화되어 절제된 시정신 때문이다.

  그러면 이러한 정제된 시정신은 어디에서 오는 것일까. 우선 다음의 시들을 보자.

    ①
    춘설은 햇빛에·반짝이며
    나의 그리움과 소망을
    그리고 추억과 기다림을 안고

찬란한 구슬이 되어
내 삶의 목걸이를 엮습니다.
— 〈春雪〉 일부

②
나의 영혼은 그대의 영혼과 하나가 되어
푸른 물빛을 발한다.
이제는 창살 없는 나의 영혼 봄 아지랑이 타고 온 그대와
하나가 되어, 먼 지평선 위 영겁의 푸른 소나무가 될까.
— 〈봄 아지랑이 타고 온 그대여〉 일부

③
나는 보았다. 내 마음에 보드라운 큰 날개가 퍼덕이며 푸른
하늘을 향하여 날고 있음을. 그뿐인가. 모국에 있는 정다운
사람들의 마음에도 날개를 달고 이 땅에 날아와 마음과 마
음이 속삭이는 그 찬란한 꽃잎을—
— 〈그리움의 땅에〉 일부

①은 춘설을 통해 '슬픔'을 알게 되고, 그 '슬픔'은 곧
'추억'의 구슬로 변용되는 이미지를 담고 있다. 타국에서
의 추억은 당연히 고국에서의 삶이며 구체적으로 '미아리
고개'를 넘던 꿈많은 시절과 '종로의 르네상스 음악실'에
서의 친구 숙이, 난이에 대한 그리움뿐만 아니라 '밤마다
술독에 빠졌다 나온 시인 진구'에 대한 연민의 정까지 춘
설로 하여금 알알이 엮어내고 있다. 이쯤 되면 내개 회한
이나 눈물로 끝나야 할 상식을 金松姬 시인은 그 상식을
거부하고 있다. 즉 '춘설 → 그리움과 추억 → 삶의 목걸
이'로 받아들이면서 동시에 '소망'과 '기다림'으로 승화시

✿·205

키고 있는 것이다.

②는 자연현상인 '봄 아지랑이'와 그리움의 대상인 '그
대'와의 혼융을 통해 시너지(synergy : 상승작용) 효과를
나타내고 있는 시다. 물론 이 시의 1연에서는 '한 뼘만큼
의 거리'가 있다. 그러나 2연에 오면 그 '거리'는 '바다'
로 출렁임으로써 좁혀지고 결국 '아지랑이'가 '불꽃'으로
승화되어 그 '불꽃'을 든 '그대'는 '파랑새'로 변신, '서
서히 내 영혼으로 날아든다.' 그리하여 '나의 영혼＋그대
의 영혼＝영겁의 푸른 소나무'라는 의지를 나타낸다. 이
시인의 의지 속에는 이미 '안타까움으로 조이는 마음',
'흐르지 않는 눈물', '나의 그리움 안쓰러운 가슴' 그리고
'닫혀진 창'과 '꺼진 영혼'이라는 모든 소망스럽지 못한
요소들이 녹아 있는 셈이다.

③의 시는 특히 조국과 고향에 대한 갈망이 강한 작품
이다. '오랜 세월, 가난한 이방인이 되어 살다 보니' 조국
과 고향이 낯설어 '가슴에서 바람소리'가 날 정도로 외롭
고, 목포에서의 여고시절과 서울살이에 대한 추억도 이제
는 모두가 '그리움의 땅'이 되고 말았다.

그럼에도 시인은 요즈음 자신을 기쁘게 해주는 하나의
발견을 했다. 즉 '몸과 마음이 따로따로 헤어질 수 있다'
는 것 말이다. 그리하여 '그리움의 땅'인 조국과 고향을
넘나드는 즐거움과 반대로 '모국에 있는 정다운 사람들'도
불러들여 함께하는 기쁨을 갖고 살아가고 있음을 보여준
다. 이는 분명 릴케의 말을 빌리자면 '열린 세계'(das
Offene)임에 틀림없다.

그러기에 金松姬 시인은 이국땅에서도 절망감이나 좌절
감 그리고 감상적인 시로 떨어지지 않고 정화되고 절제된
시로 승화시킬 수 있었다고 본다.

　결국 金松姫 시인의 이러한 정제된 시정신은 어떠한 시
세계를 품고 있는가. 그 해답은 한마디로 "순례자의 맑은
영혼"이라고 답할 수 있을 것이다.

　그것은 〈가을 사랑〉 속에서도　한 알의 붉은 사과를 /
사랑하는 그대에게 두 손 모두어 올릴 만큼 성숙한 여인의
존재로부터, '한 알의 씨앗이 터지는 그 자리에 / 아픔의
고통 없이는 / 열리지 않는 삶의 지혜. / 오늘 그대와 함
께 / 한 알의 씨앗으로 깨지는 / 영원한 사랑의 열매'로
익어간 〈인생의 열매〉에 이르기까지 맑고도 고운 영혼을
우리에게 보여주고 있는 것이다.

　그러기에 이제 金松姫 시인은 자연과 신(神) 그리고 심
지어는 조국과 고향에 대한 간절함 앞에서까지도 '순종은
사랑의 몸짓이다. / 기쁨으로 넘치는 / 찬란한 죽음이
다.'(〈순종하는 자가 되게 하소서〉)라고 고백할 수 있게
되었고 아울러 '꽃구름 사이로 / 눈부신 햇살이 기쁨의 날
개를 펴서 / 내 영혼을 안는다.'(〈하늘을 보고 눕다〉)고
즐겁게 노래하게 되었는지도 모른다.

　5.

지금까지 우리는 미국으로 건너가 창작생활에 여념이 없
는 1960년대 시인 金松姫의 시세계를 《조선문학》의 〈자선
시편〉과 〈신작시 특집〉을 통해 살펴보았다.

　대부분의 사람들이 조국을 떠나 이국땅에 거주하노라면
향수병을 앓는 게 인지상정일 터이다. 여기에 30년 가까이
뉴욕에 거주하고 있는 金松姫 시인도 물론 예외는 아닐 것
이 자신의 〈시와 시론〉 속에 밝힌 시 〈얼굴〉과 〈새소리〉에
서, 그리고 자신의 회고담에서도 극명하게 드러난다.

　그러나 이따금 金松姫 시인은 죽음보다 고통스러운 포

기와 체념을 극복하고 그리움과 절망을 시정신으로 다스리는 면모를 우리에게 보여주었다.

金松姬 시인은 이국땅에서의 삶을 소망과 기다림으로 승화시켰고, 푸른 소나무로 뻗고자 하는 의지력을 보여주고 있으며 조국과 고향을 순례하는 즐거움과 기쁨까지도 터득한 열린 세계를 우리 앞에 드러내 주었다.

그리하여 마침내 金松姬 시인은 조국과 고향을 떠난 시인으로서는 드물게 정제된 시세계를 갖고 있을 뿐 아니라 자신의 말대로 자신의 시가 '산소가 되어 이웃들의 기쁨이기를 바랄 뿐, 공해를 일으키는 것을 용서하지 않는다'는 것을 증명해 준 셈이다.

그만큼 金松姬 시인은 비록 몸이야 이국땅 뉴욕에 있다 하더라도 순례자로서의 맑은 영혼과 시정신으로 항상 조국과 고향 목포에 살고 있으리라 믿는다.